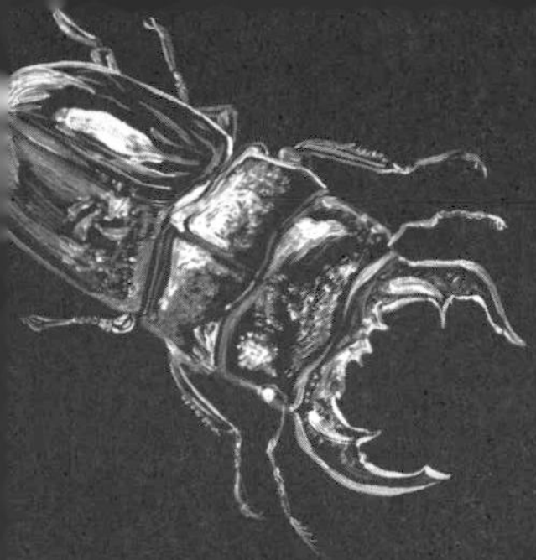

我的室友卡夫卡

伊絲塔 著

書必須是用來鑿破人們心中冰封海洋的一把斧子，
閱讀的作用同樣如此。

——卡夫卡

目次

自序

穿越時空的收納盒

英國詩人威廉・布萊克（William Blake）詩云：「一沙一世界，一花一天堂，掌中握無限，剎那現永恆。」

若有什麼承載物可珍藏上述詩句之美，納須彌於芥子，存瞬間於永恆。我想，大概就是書了吧？

繼上一本收藏鳥羽的《飛羽集》面世，讀者來函問我：「為何不乾脆用第一人稱來敘述？」當時我考量歷史上的女人，往往成為被觀看的他者，身分無名，且游移在各種關係中，實乃成為被觀看的客體，難以定義。因此之故，我將全書收束在〈捕夢網〉，收束在「你是另一個我。」飛羽系列有三部曲，第二部《飛羽藝術師》中，讀者會知道這個未完的祕密。

若《飛羽集》探討為何收藏鳥羽，思索女人的存在、收藏與關係；《飛羽藝術師》則思考如何將鳥羽幻化為藝術，打造一座迷你的紙上鳥羽森林，帶領讀者進入繽紛多彩的飛羽博物館。

在「為何」與「如何」間，《我的室友卡夫卡》誕生了。

書裡書外，人生何嘗不是一場場出走又回返，觀照自身存在的旅行？

撰寫期間，我的身分也從蟄伏書案的莘莘學子，轉為探索天地的旅人。從讀萬卷書到行萬里路，《我的室友卡夫卡》是閱書掩卷之際，對生活的回眸一瞥，記錄行旅的所觀、所聞、所感，也記錄靈思的吉光片羽。

我用書來收藏珍貴的鳥羽，也用書來記錄自己優游天地、浮想聯翩的時光。

若散文形散而神聚，希望我的作品呈現一個個時空多寶盒，收納且走且讀的外察內省，打開迴環反覆、回眸凝望的瞬間悸動。

雖然羅蘭・巴特（Roland Barthes）說作者已死，但人人不是遲早都要面臨死亡？若從資深讀者身兼寫作者角度來看，我感覺書其實是跨次元的存在，只要打開這個時空多寶盒，卡夫卡、魯米、托爾斯泰、東坡……其實都在書中活下來，且成為比血緣至親，更私密可靠的心靈密友。

何妨讓每朵開好的字，化為作者墳頭的招魂幡，隨風引動？讓作者身影在此拂袖留香，芬芳吸引各代讀者停駐，倘若讀者深情招魂，作者魂魄便在字裡行間幽幽傾訴，共讀共省，一同思索人間世。

或許，這就是書的魅力吧！

讀者蝸居一室，卻可在案頭招魂，召喚不同時空的文人前來共聚取暖，相會於斗室。攤開書，開啟多次元窗口，時而快讀、跳讀；時而慢讀、對讀。讓聲音在書中或隱或顯，躲閃於字裡行間，時而摘取佳句，時而與這些文人對話。畢竟，他們都是我的架上嘉賓，閨中密友，在風雨飄搖之際，化為消憂解愁的心靈密帖。這裡，火花迸現，思想邊界稀薄，當各國文人同時停泊於小小書案，韶華盛極，我彷彿聽見各國船隻靠岸入港的喧囂。

為此，我願像精靈穿梭飛越，遊觀品賞，收納點滴，直觀生活的純粹。或許這時代還堅持憨拙藏書的你我，其實都是招魂的有心人，收留各種韜光養晦，在各處流浪的文人賢者。

每思及此，餘生何妨成為低調的手藝人，默默耕耘，栽花蒔草，且祕密造一座供人蔭涼遊觀的紙上園林？何妨讓我之存在，成唯一中空蘆笛，在書中與古今中外、各朝各代文人同情共感、互通心曲，與天地花鳥、一草一木共憂樂？

如此一來，序便是我悄悄寫給讀者的信，捎來久違的問候。

願這些靈光乍現的瞬間，能成為你眼眸裡，另一道旖旎風景。

輯一

回望

藏石之家

凡收藏之人，多少透過收藏某物尋求被瞭解、填補心中匱乏的一塊。

「某物」的特質是擁有再多，彷彿還缺一件似的待填補；「某物」擁有神奇召喚術，使任何收藏者或早或晚都明白：不是自己擁有了它，而是被它所擁有。透過「某物」在生活中拓展領地、投入心力與時間，使擁有者對擁有這件事越發敏感起來，最後幾乎無時無刻都可察覺「某物」存在，即便存之無用，棄之可惜。這也是「某物」令人苦惱之處。

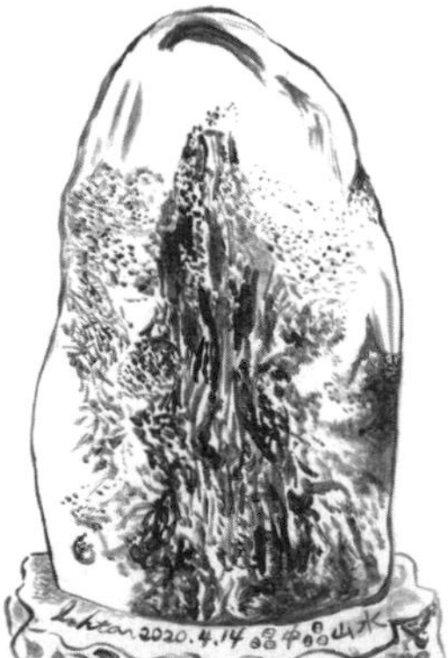

爸爸收藏的「某物」是石頭。

家裡充滿各式各樣，大小不一、各種尺寸的石頭。它們堂而皇之地假收藏之名入室，在二樓有展示館，自己的專櫃。爸爸用大量稀奇古怪、各種意象石填滿空間，輪番隨著電視節目上演（是的，總在看電視時，我們才聚在客廳）。那時爸爸會拿起石頭講故事，從菩薩、羅漢講到孫悟空，意象石是一則又一則的隱喻，石頭換個角度，就換個身分，轉喻到另一齣傳奇。彼時，那些無意義、厚重的成堆頑石瞬間像布袋戲偶被點名，從不知名的角落旋轉、起飛、跳舞。

操偶師近在眼前，全家看著爸爸上演滿腦子的狂想，內心戲。

由於收藏來自無意識，與其說是故事，不如說是令人眼花繚亂的斷言；沒有一則故事重複，也沒有一則故事認真說完。

爸爸的石頭氾濫成災，從樓上溢滿到樓梯，大量充斥在浴室、臥房、屋子內外，走道上、石頭填塞各處，是處處擋道的存在。

它們都很重要，也都不重要。

除了避免絆跤，客人們通常很難注意到它們，基於禮貌與尊重，他們偶爾聽爸說上一會兒，之後轉身，便忘掉這顆石頭與那顆石頭，到底有何不同？

爸爸屬猴，老愛自比為孫悟空，西瓜石是他從海龍王那裡偷來的珍寶；他有金箍棒，可以點石成金，隨意變化。但在孩子們眼中看來，石頭是爸爸的榮耀，也是寂寞。

與其說全家被石頭包圍，不如說被一種怎樣填也填不滿的空虛所包圍。

爸爸是孤島，石頭是支撐他的海，填滿屋子的各角落。

爸爸想被傾聽、被注意，渴望陪伴，卻往往忘了留下空間給客人；對話也是，充滿急切搶白與訴說。就在爸爸擁有許多沉默的石頭聽眾時，他也漸漸失去許多生活聽眾。爸爸的好友們不是極少往來、正絕交、不然就是已絕交。

爸爸渴望被傾聽，卻不想傾聽別人。

石頭剛開始是分享、是橋梁，後來逐漸變成堅硬的牆，愈築愈高。於是電視機聲音愈來愈大，爸爸重聽愈來愈嚴重，成為名副其實的暗光鳥，愈來愈晚睡，避開眾人活動的白日，擁抱愈來愈深的夜，作息顛倒的他，讓訪客撲空幾次後，漸漸乏人問津。

爸爸是孤獨島的國王，點名石頭的那刻，富有又貧窮。

「妳跟妳爸簡直是同一個模子刻出來的，一山不容二虎，那倔脾氣令人無法忍受！」

每次吵嘴離家時，媽總愛叨念。她知道，石頭的特質是堅硬、稜角分明。尖銳的部分，不管怎麼拋光打磨，總令人感到寒冷。

不，她不知道。

爸爸在一片混亂沙灘中尋找秩序與價值，而我則在水晶精準的幾何切割中，看到無法定義的未來。我與爸爸是顯微鏡與望遠鏡，即便鏡頭望去，放大的細胞與星辰構造彷彿相似，但對彼此而言，微觀細節與鳥瞰視野，仍是不同的兩組鏡頭。

相像的另一面是相反。

心理學家說早熟子女會故意與父母唱反調，有時勤儉的父母造就懶惰的子女，粗獷的父母生出嚴謹的小孩。或許吧？隨興、無所事事的父親，造就了嚴謹、小心翼翼的我。長年在外，久不回家。

我與爸爸，兩人刻意保持一種相安無事的距離。

爸爸收藏自然的縮影，或更好說就是自然？每顆石頭都原始質樸；每個圖案，都像荒遠神話或傳說才出現，總與抽象人物有關。而我收藏的是水的結晶，是抛光打磨的成品，相信唯有等比例切割，點線面各角度分配一絲不苟，才能恰如其分地呈現其美；才可呈現精神，那蘊涵的光。

爸爸追求價值，樹石比賽常見他身影，不是評審就是被評審。那些意象特殊的西瓜石、金瓜石、圖案石獎牌，在在表明它們不只是自然界的石頭而已，都是有榮譽、有故事、有身分的。與之相反，雖然卡崔娜（Katrina Raphaell）在夏威夷已經有一整套的水晶療癒課程，多樣型態的水晶能量治療也早引進台灣，我卻從未去上過一堂課。更別提國際珠寶、礦石展等，我猶愛晃高雄十全玉市、台北建國玉市、地下街，或鶯歌販賣水晶的普通店家，只要有空檔，通常一晃半天就過去了。不管如何，我刻意讓我的收藏與世俗認可的價值，保持距離。

跟爸爸不一樣，我沒有上千成萬的石頭，收藏數量也不多；我的水晶，就那幾個熟朋友，來來去去維持十幾種，重要的象徵，幾個就夠了。

跟爸爸不一樣，我的水晶會旅行。

有時在房內，我悉心排列水晶的幾何圖形。圓形是完整，三角形是抵抗，方形是穩定，星形是擴展。去土耳其其時，我特意挑選藍色綠松石，再用血紅瑪瑙串成心，陪我遨遊在陌生國度裡。

水晶拼貼不同時期的心情。

有陽光的日子，我將它們放在陽光下充電，上午九點到下午二點，英國巴哈醫生（Dr. Edward Bach）也差不多這時做花精。我會用水晶搭配黑碧璽做晶化水，飲用它們，讓它們在體內流動。滿月無雲的夜晚，印度月光石就會在窗台上吸收整晚精華。我知道這樣做，體內所有的細胞與電子，那些陰暗的、來不及曝曬、快發霉或快被點燃的情緒，就會充滿光。

跟爸爸不一樣，我的水晶陪我睡覺。

我試著將凹槽狀的花蓮七彩玉墊在枕骨，刺激第三眼，希望它們帶我到彩虹國度。我還收藏特殊水晶如亞特蘭提斯，那種三角印記的視窗水晶，讓我看見女祭司的世界。還有藍針水晶，這種水晶在特殊光線下會顯現天使之翼，隱形透明的翅膀。

跟爸爸不一樣。爸爸總愛收藏重達百斤或上噸的風景大石；而我總是收藏小巧玲瓏、便於攜帶的水晶。爸爸偶爾哄抬、誇耀他鑑賞的雅石，而我可從來沒賣過收藏。不只不賣，我的收藏還愈來愈少，總將珍貴的水晶送給姊妹淘，每當朋友有難，想不開、心情低落或走不出陰影時，我總會送出水晶，希望她們能度過難關。

水晶六面體是自然界最穩定的結構，或許可幫姊妹們結晶眼淚，找回晶瑩剔透的心。

「妳爸便祕，」媽在電話那頭悄聲說：「重聽與禿頭愈來愈嚴重。」

上網查了一下，露意絲‧海（Louise L. Hay）在書中說耳朵重聽對應的心理議題是「憤怒、太多混亂、不想聽」；便祕則是「拒絕改變舊有的生活、吝嗇」；禿頭的心理議題是「恐懼、緊張、想要控制一切，不信任生命過程」。

爸當然不肯，也不會去看心理醫生。

他像樹一樣，是草根性強的那代人，看心理醫生等於承認自己有精神病。重聽與便祕甭提，對一個男人來說簡直奇恥大辱。跟所有頑固的歐吉桑一樣，他視醫院為畏途，彷彿進去檢查，整個身體都將面臨崩解，重組資金高昂。

「收藏本身就是掌控，人們有許多悲慘的事要壓住。」威廉・戴維斯・金恩（William Davies King）在《收藏無物》一書中如是說。

幸好，這世界還有書存在，還有比老爸更極端的收藏者存在。

這作者比爸爸更頑固，去垃圾堆撿拾充滿鐵鏽的螺絲釘、鑰匙，收藏自己吃過各式各樣的麥片盒與標籤。幸好，這個教授坦承他去看心理醫生來解決中年危機、離婚等問題。書中他展示他爸媽與有精神問題的姊姊，小時候姊姊沒將他抱好的照片，以及自己不被重視、受排擠的童年。

我暗暗點頭稱是。

閱讀這作者的心理問題，彷彿照見老爸的自傳。媽不曉得提過離婚幾次了，怎麼都沒留意爸爸的童年呢？

上次回家，趁空問奶奶這個問題。原來奶奶生了六個孩子，忙於農務的她，根本無暇照顧那麼多孩子，所以二姑姑自小送養、男丁都得下田。爸爸小時候很優秀，也很好強。

奶奶說，只是很不幸，爸爸出生那天，剛好爺爺爬樹摘椰子，不小心掉下來摔斷腿，跌下來那刻，爸爸剛好出生。所以爺爺總說爸爸是剋他的孽子、掃把星，爸爸出生後很少跟他說話，更甭說給他好臉色看了。

我彷彿看見爺爺拄著枴杖，一跛一跛的背影無限拉長，蓋住爸爸的臉、童年，直到現在。

無形的罪責，都壓在爸爸身上。

爸爸是家中最不得寵，地位最卑微的，媽媽也說過。雖然住得極近，爸爸只有過年過節才會探視住在魚池旁的爺爺。他會帶三個孩子上樓，把我與弟妹們丟在樓上陪爺爺，自己默默下樓找大伯聊天。

或許爸爸那麼聽大伯的話，也是因為大伯在家中最得寵，躲在他背後就無事了吧？

從小到大，我不止一次聽媽抱怨大伯予取予求，彷彿整個家都是他的廚房，用爸爸名字刻私章、抵押祖產，再買房過戶給自己的四個兒子。

爸爸一聲不吭，如石沉默。

跟爸爸不一樣，我有追根究底的精神，不怕真相。

那怕真相如石沉重。我開始理解爸爸的壓力在哪，因為他哪兒也不能去，只能守著爺爺、奶奶、瘋姑姑，還有四個兄弟跟爺爺一起蓋起來的祖厝。

最近，我發現爸爸撿的石頭都很像人臉，男女老少，各式各樣的臉，它們不經意地出現在角落，有的微笑，有的哭泣，有的一臉惶然。只要一轉身，就會跟這些臉對上。

它們彷彿都在說：「看我吧，我如此存在著，即便沉重，即便無人注意，仍是渴望被愛。」

渴望被愛，這點我跟爸爸一樣。用優秀的成績、學位，拋光打磨生活的每一面，像水晶一樣，為了證明自己遠行有足夠的發光理由，任缺席、不在場的歲月，填滿最遠的傷口。彷彿隔得遠遠的：老家的瘋姑姑，心力交瘁的奶奶，快被逼瘋的母親，沉默不語、體力不斷倒退的爸爸……那些沉重問題都像石頭一樣，只是暫時堵在那裡，時間一到就會自動解決，搬到看不見的遠方。

然而每到異地外宿，或換工作，我非得帶上水晶不可。彷彿有它們陪伴，生命才完整。水晶堅硬，禁不起摔；就像石頭落地就不完整。

堅硬外表下，藏著敏感脆弱的心。

現在的我慢慢能瞭解，為何大鬧天宮的孫悟空跟脆弱敏感的賈寶玉都是石頭變成的。

不同的是，孫悟空多少渴望唐僧對他有豬八戒那樣的溺愛與重視，賈寶玉則渴望父親對他的管教不再嚴厲。爸爸跟在大伯的身後看著爺爺，而我躲在奶奶與媽媽的背後望著爸爸，只是一個渴望被看見，一個希望不要被看見。至少，不要第一個被發現。

無處可躲，石頭就是最好的掩護。

石頭無罪，石頭不說話，石頭靜靜存在。

畢竟我與爸爸，都是這般有稜有角、脆弱又敏感的存在，即便無法隱藏，卻渴望愛、需要愛，想被人好好珍藏對待；我跟爸爸是如此不一樣的一樣，不同的相同。

想起華萊士・史蒂文斯（Wallace Stevens）的詩句：

是逐出、拉扯，白日成為碎片，哭喊你的石頭詩節？
人在哪裡聽見真理？這唯一。

爸爸是唯一。

現在我懂得傾聽，開始欣賞爸爸的石頭，慢慢體會要得到愛，唯有先給出愛。雖然家裡石頭仍處處擋道，但我發現自己已不再排斥，慢慢能接受它們在那兒了。就像我接受爸爸的存在。雖然表達方式如此抽象，但只要彼此理解，那怕時光流逝，孫悟空掉牙、禿頭、啤酒肚……仍是可愛的，「可以值得好好被愛」。

我衷心希望，修補這份愛與理解，不會太慢。

我的室友卡夫卡

秋冬之際，木柵濛濛細雨，往往伴著刺上心頭、不知哪兒冒出來的冷風，令人哆嗦前行。一日氣候變化，比情侶翻臉還快。氣溫陡降，天空一片灰藍。早晨還有陽光，不到中午，雪泡似的雲朵彷彿沾了糖粉，發霉般膨脹。眼看就要下雨，我慌忙提前買午餐，避免與剛下課的學生排隊等食。

出門覓食，意外發現一隻巨大鍬形蟲癱倒在校園裡。怕來往學生踩到，暫時將牠移至楓樹上，想著甲蟲以樹液為食，不久應安然遠離。

餐後巡視，沒料到牠虛弱無力地掉在樹下，四腳朝天，緩慢掙扎著。

無奈的我只好將牠放入背包，偷渡回寢室，像上回撿到樹鵲波波那樣，先暫養空盒，等復元再放歸山林。一時不免在心頭嘀咕，為何發現落單與受傷的蟲鳥總是我呢？難不成如友人常說的，我就是太常閒晃、無所事事，才常常遇到這些有的沒的？

上網查台灣昆蟲圖鑑，原以為牠是黑腳深山鍬形蟲或長角大鍬形蟲。但體型實在巨大，超過半個手掌，約十一公分，一對巨顎厚實如牛角，六腳有倒刺。比對一番後，赫然發現牠是牛頭扁鍬形蟲。

書上說這蟲不耐寒，看牠病懨懨，四肢虛弱樣，想來是了。

一開始，我丟麵包屑餵牠，後來莞爾。牠可不是卡夫卡《變形記》的葛雷戈，而是貨真價實的甲蟲哪！那無力的悲愴姿態，令人憐憫。

好在寫期末報告，我想，多個小室友無妨。

爬一下網路養殖甲蟲經驗文，對甲蟲而言，原來補充體力最快的是香蕉。於是我迅速飛奔至合作社買了兩根香蕉，這大剪刀快樂地吃得滿嘴都是，「喀、喀、喀喀喀……」除了我敲擊鍵盤、打報告聲響，便是塑膠盒裡，牠移動重甲的聲音。

「卡夫卡，叫你卡夫卡好不好？」

因撞擊聲相似，我問牠取這個名字好嗎？輕撫牠光滑冰涼背脊，這小武士老揹一副重甲，搬移緩慢。甲蟲較之其他昆蟲，正在一對突出的巨大犄角，時刻防備。有個性的牠，此刻竟安馴讓我摸起一對碩大犄角、觸碰敏感的背及腹部。因為從沒如此近距離觀看巨大甲蟲，我很好奇。一日相處下來，吃香蕉大餐的牠，有些樂不思蜀。

卡夫卡的角輕微挫傷，常安靜地躲在角落。從觸角、前胸、背板到脛節，純粹黑色。這單調低沉的配色，讓牠不苟言笑，多添幾分肅穆。複眼不大，不像蝴蝶、蜜蜂如塑膠製品，誇張得有如漫畫主角；基本上，甲蟲之眼長在兩側，若不仔細看還不容易找到，卡夫卡的金屬眼，暗處也發光，彷彿隨時能從各個角度窺視這世界。

照片中身著黑西裝的卡夫卡，眼神也如甲蟲，漆黑、深邃而憂傷。

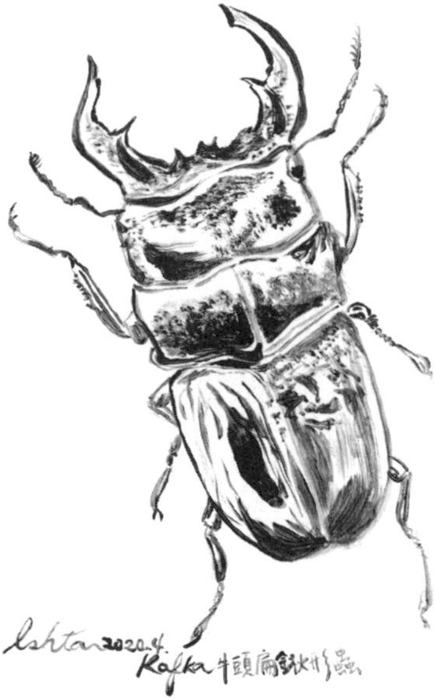

卡夫卡（Kafka），捷克語原意是「寒鴉」，他父親的舖子即是以寒鴉作店徽。一九八三年小行星 3412 決定以「卡夫卡」命名，紀念這位作家。

除了偶爾啃食、抬頭若有所思外，卡夫卡基本上是個害羞的小室友。不吵也不鬧，小小一塊香蕉當底板，便是牠安穩小床，比樹鵲波波好養。

牠靜得出奇，似乎也在悄悄打量環境。

於是，我邀牠一起跨年，夜裡點燃蠟燭，溫暖室內，卡夫卡陪我一起啃書、整理報告。當我將衣物與散落書籍整頓好，連牠發酸腐臭的香蕉也換過，這才發覺甲蟲啃食會加速水果腐壞。或許卡夫卡寫《變形記》時也如此？出於某種毀滅的衝動？

試過幾次，只要一關燈，卡夫卡便「喀、喀、喀」憂鬱地盒中踱步，擾人清眠。

寒夜讀書忘卻眠，錦衾香盡爐無煙。
美人含怒奪燈去，問郎知是幾更天？

這是袁枚的〈寒夜〉，也是讓卡夫卡失眠，反覆徵引，希望未婚妻菲莉絲注意的詩。十月四日的信中，卡夫卡再度將自己與袁枚詩中主角相比，認為自己與中國那位女友從他身邊拿走燈的遭遇相同，且不比那位書蟲更加理智。

二天後，卡夫卡甚至宿命地認為這首詩對他與菲莉絲兩人意義重大，信中大量談論詩中兩位主角的關係，藉此影射愛人婚後可能對待自己的方式。最後他情不自禁宣告，這是一首可怕的詩，他無法讀懂。原因在於：人的生命有許多層次，但人只能看見一種可能性，即是他心中顯現的。

於是他如是推斷，自己無法給菲莉絲幸福。

原以為卡夫卡會安靜地陪我在閱讀與報告的循環中旅行，沒料到，當我閱讀時，牠總安靜瑟縮一角，等我關燈入眠，牠才開始用小小齒順著蘋果紋路開墾，伴隨沙沙聲，用嘴一圈圈耕讀。

多次起身開燈，我能理解袁枚詩中美人的不悅，這不分晝夜的嗜讀實在可惱。或許卡夫卡最擔心的，也是他與愛人作息不一致，溝通有落差吧？他不斷聲明寫作在他生命中的重要性，重要到若不如此，他將平躺在地，像死掉的昆蟲被掃入垃圾堆中。

卡夫卡一生三度訂婚，三度解除婚約。一九一四、一九一七年與菲莉絲，一九一九年與茱莉。據其自述，每當他打定主意成家，便會陷入自己無法掌控的不安與絕望，夜裡不能成眠，白晝頭痛欲裂，生活一團混亂、無以為繼。

類精神分裂型人格違常、進食障礙、非典型神經性厭食症、性障礙……研究者從卡夫卡作品留下的蛛絲馬跡，思考異常作息，推斷他有上述病徵。

不喜歡這種粗糙草率的推論，好像疾病造就天才。正如以消渴症研究杜甫、司馬相如，以躁鬱症研究布雷克、拜倫、丁尼生，甚至梵谷。

我總認為，這種輕率推論，是對文人最大的褻瀆。

儘管卡夫卡擔心被別人發現自己內心猙獰使人反感，實際上，和他交往的人卻覺得他舉止穩重有風度，才華橫溢，只是缺乏幽默感。布羅德說卡夫卡對朗誦十分熱情，演講如歌唱一般動人。他認為卡夫卡最為顯著的兩個特點是「絕對真誠」和「細緻嚴謹」。

我相信，那份過於細緻的小心不安，只是閱讀入魔的症候。

卡夫卡對猶太身分從不滿意，從不喜歡參加聚會，青少年時期就宣告自己是個無神論者。他宣稱杜思妥也夫斯基、福樓拜、奧地利的法蘭茲・格里帕澤，和德國的海因里希・馮・克萊斯特這幾位作家，才是自己思想上「真正的表親」。

一九一三年十二月十四日，他在日記寫道：「我在杜思妥也夫斯基的作品裡，讀到了與我不幸存在如此相像的地方。」

卡夫卡信仰寫作，他認為寫作是最純粹的一種祈禱形式。

我開始能理解閱讀的同時共在，以及因閱讀所帶來的魔幻效應，一如他者附體的魔魅經驗，就像手邊正在讀的這本《班托的素描簿》。

班托是十七世紀哲學家斯賓諾沙（Baruch Spinoza）的小名，斯賓諾莎迷戀光學，也喜歡畫畫，據說他隨身攜帶一本素描簿，畫下所見的事物。一六七七年他猝死後，保留了書信、手稿、筆記，但遍尋不著那本素描簿。約翰・伯格（John Berger）這位英國美學家，用手繪圖稿加上斯賓諾沙的摘要，一邊對話，一邊完成美學的沉思。

「誰借走圖書館最後一本《卡拉馬助夫兄弟們》？」

他化身班托自問自答：「故事塑造我們的，不是我們生物上的祖先，而是我們偶然相遇的祖先。」如是，借走杜思妥也夫斯基那本書的人，想起來就不這麼討厭，某個意義上，甚至可說是他一個「遠房又遠房的表親」。

約翰・伯格也加入卡夫卡的共謀吧？

我暗暗懷疑任何精神上弒父（或者被父權壓迫）想反叛的作家，或多或少，都充滿快感地參加杜思妥也夫斯基的洗禮與獻祭。正如村上春樹寫《海邊的卡夫卡》，也是弒父情節還魂。在文學角落，某個閱讀與創作共生的癮頭，如瓜藤蔓延開花，代代相傳。

命運使然，卡夫卡筆下的父親從不是父愛的化身，雖然他極力想脫離掌控。矛盾的是，無論透過旅行或藉由婚姻離家，卡夫卡始終無法獨自生活，他一再回到布拉格的家中，即便溘然長逝，都與父母葬在一起。

噠噠噠的打字聲傳來，有時過於用力，盒裡的卡夫卡一臉怔忡、停下咀嚼動作，若有所思地望著我。此時的期末報告，我也為自己支持的遠房表親，遙遠的文人辯護；我試圖論述評點明清小說的鬼才金聖歎並非精神病患者，雖然生前有當乩身的紀錄。

前行研究者指出他有情緒化人格、精神異常；於是我倚著燈，為他辯護。

事實上，天才與精神病患恰好相反，精神病人大半缺乏綜合力與意志力，而天才的特質正是意志力與綜合力的飽滿。天才與瘋子之別，朱光潛在寫《文藝心理學》時早有所區辨，天才用對抗疾病的張力，成就藝術的不朽。

我發現天才作家都像甲蟲，或有甲蟲習性：週期性的頑固、隱忍、敏感，過於細膩的小心，不按常規的生活作息與習慣。

甲蟲不適合飛行，那笨拙姿態像起重機升天；翅鞘彷彿笨重的鐵鑄成的，將薄如蟬翼、能飛的翅翼藏在裡面；尾端細毛，方便頂住下翅，推回翅鞘。我曾看國外科學家解釋這動作之細膩，就像飛行員小心翼翼收起降落傘。

甲蟲不適合白晝，只適合夜晚，夜色砌成的黑殼，棲身於一片濃墨；黑曜石打造的眼，像拋光打磨的鏡面，只映照自己想看的世界。

陷入沉思的卡夫卡，情書雖是寫給情人，與其說為愛而表現，毋寧說，更像為自己耽於閱讀寫作辯護。正因動了真情，這古怪的作家顯得更古怪了。

一個蒙太奇鏡頭陡然浮現，正在讀書的卡夫卡，透過詩之眼看見了袁枚；而偷窺卡夫卡情書的我，又透過這首詩的細縫回望袁枚。盒裡的卡夫卡，會不會以牠黑曜之眼，流亮如銀的鐵甲，收攝這一層又一層的閱讀鏡頭呢？就像六朝志怪裡的陽羨書生，開口吐出一層又一層物事。

閱讀就像這樣，每當我以為發現真相，卻發現背後還有一層故事。作家嘴裡吐出一個愛人，而這愛人嘴裡又吐出另一個作家來。總有更大的祕密夾藏其間，而這一切，都收攝在手邊正閱讀的幾本書裡，平行宇宙，同時併現。

閱讀開啟多個視窗，書裡世界，也是讀者想像視域。順藤摸瓜，讀者看見的，是一層又一層穿透心理，一個影響另一個的鏡頭。如河流波紋，從上游到下游，東西兩方讀者透過翻譯，早已分不清國家種族的界線，正如我也不知自己的閱讀血脈，到底是繼承莊子、蘇東坡、陶淵明？還是阿納絲塔夏、魯米、卡夫卡？他們都是住在書架上的室友，等待召喚還魂。

一定有什麼透過閱讀而失落，又失而復得。

從未想過一首中國詩影響卡夫卡如此深，以致於他最後只想簡短輕喚愛人為「菲」了。這個音節讓他想到仙女（Fee），以及美麗的中國。卡夫卡透過翻譯，閱讀中國文人的古詩，而未來某個遙遠的東方女子，又透過翻譯，讀著他的情書與小說。寂靜夜晚，點著桌燈與一隻甲蟲一同對讀。這是多麼寂寞又遙遠的團聚？

我們是從多麼遙遠的星辰墜向彼此？

想起尼采第一次見到莎樂美，恍惚說出這句話。穿越閱讀夾縫的時空，竟錯覺尼采與卡夫卡詩中寫給情人、近乎崩潰的片段如此神似。閱讀與書寫是話筒的兩端，而歷史鏡頭推得如此遠，乃至異國物事，直與最私密幽微的情愫相關。

卡夫卡與尼采，兩者皆跳躍於卑微與自大的兩極。

他拘謹又瘋狂，一面跪求佳人體諒，另一面又堅稱自己是文學構成的，只有寫作才心靈平靜，若不如此就會崩潰。煩躁一陣後，望著愛人的照片與書信，他又徹底臣服。

菲漂亮嗎？

情書外，我好奇翻找日記。一九一二年八月十三日，卡夫卡寫道：

我來到布洛德家，她正坐在桌旁。一開始我並不在意，並把她的存在視為理所當然。她憔悴而毫無表情的面孔，寫滿空虛之感。頸部裸露，身著一件應急的上衣。這種穿著使她非常像一位家庭主婦，現實是這樣，但看上去她似乎不喜歡這樣。

第一次見面，關於菲的這段家庭主婦的描寫讓我頗為詫異。也許情書與生活，對作家來說都不真實。但又有誰能看穿表象呢？是怎樣的愛戀，讓卡夫卡成為素食者，還在那年結束前，多次想自殺？

我猜，愛只是引信。

邂逅菲的隔日，卡夫卡便將《觀察》手稿寄給羅沃爾特出版社，同年他寫出《判決》、《變形記》。邂逅菲之前，日記寫道：

我腦中有個廣闊的世界，可如何既鬆開我並解放它，而又不粉身碎骨呢？我寧可粉身碎骨一千次，也不願將它抑止或埋葬在心底。我是為此而存在的，對此我完全明白。

寫作與生活的落差，讓卡夫卡曾單獨拜訪蘇黎世的自然療養所。素食與他堅信自然療法有關，至於那些瘋狂迷亂的情書，反映他當時的不安惶惑。他甚至建議菲要鼓起勇氣手挽著手，與他同上斷頭台，他認為那是法國大革命時，最浪漫的死法。

那已不是愛情，而是逃避了，我掩卷沉思，微微嘆息。

幾次，我替換盒裡的香蕉，卡夫卡抓破衛生紙，差點抓傷手，顯得煩躁不安。甲蟲不愛密閉空間，我推測，或許單調密閉的公務員生活，也讓作家抓狂。

卡夫卡知道風流成性的袁枚，歷史上是男女皆愛的雙性戀嗎？

六十多歲的袁枚依然挽著少男的手招搖過市，不避人嫌。詩中還說自己：「不肯離花過一宵，花迎花送兩回潮。」不過，就算袁枚如此花心，猜想卡夫卡知道也不會介意。畢竟他也不遑多讓，一生情史豐富。當時四十一歲，以現代標準來看，堪稱大叔的他，臨終前還熱烈追求一位十九歲的少女朵拉，同樣不避人嫌。

天氣回暖，盒中腐爛水果與卡夫卡濃烈味道，嗆鼻得令人難以忍受。想著牠獨特氣味一如風格，正如某些親戚，也因個性分明、脾氣古怪，總讓人覺得保持距離，遙遙相思即可。於是，我決定告別這位室友，輕輕帶著牠到附近林裡，尋找適合落腳的地方。

戴上安全帽準備出發時，猛然想起有學者研究世上第一個民用安全帽，可能是當時任職於保險機構的卡夫卡發明的，可惜歷史沒留下任何紀錄，那項研究無法證實。

我寧願相信這是真的，畢竟金屬質感的安全帽外型，看起來就像人造甲蟲殼。

每當這城市有人戴上安全帽，他與她，彷彿鍍上一層卡夫卡的保護殼，帶著厚重的盔甲，朝各個方向起飛。我衷心祈禱他或她，在這城裡與我一同閱讀，那些不知名的表親們，都能在各自的時空裡，找到相稱的愛與自由。

沒齒難忘

最接近鳥的時刻，是牙齒矯正期。那時嘴往前凸，側臉看上去如鳥喙。綁橡皮筋前，我已陸續拔四牙、抽兩顆神經。現在上下齒穿起鐵圈，綁上橡皮筋，因牙齒小，老牙醫銲模挑出許多樣本，才找到適合的尺寸。

「跟小朋友是一樣的。」滿頭白髮的他說。

沒跟牙醫說，自己個性也像小孩，常鬧脾氣。當天正逢滿月，聽說下個聖誕節逢滿月，要再等十九年。我一人獨自看牙，不懂平日溫和的老牙醫為何選聖誕這樣尷尬時間拔牙？只知坐上診療椅，他把「看診中」的牌翻成「休息中」，將最後一位客人留給自己。

唧——唧——唧————鑽牙聲傳來，山洪爆發，水柱沖蝕。

診療椅上，橫臥四十五度的世界，對面是一隻探頭窺視的小貓咪，我對上牠的眼，毛茸茸身影配上純白被子，那張照片潔淨無瑕，如雪地裡躲一個小雪人。微雨夜，想來是看不見滿月了，懊惱那些溫馨歌曲、華美繽紛的聖誕樹、情侶共遊等慶祝，皆與自己無關。

長年在外的遊子，不該奢求團圓氣氛。

此刻，耳邊響起小步舞曲：「打開，打開，咬，咬！」或「打開，咬，打開，咬，咬，打開！」懊惱護唇膏塗得不夠厚，撐開唇像龜裂大地，時而緊繃，時而微慍瞪視。老牙醫不管，他熟練探照，順手換過尖的、利的、長的、扁的、螺旋的……種種不知名器具。每次鑽探，向最深處撬開土塊，掘出陳年礦脈。

探照燈下的自己，其實什麼也看不到。為此，看牙實有難以言喻的敬畏與神聖感。有誰拔牙不禱告、不跟神祈求順利呢？診療椅上的自己百分百真心，比廟堂還虔誠，或許拔牙、手術、生產與死亡，都是一個人最接近神的時刻。

一開一闔、拋光打磨，不是創造，便是毀滅。為何自己總是對那些看不見，卻深深影響生命的東西著迷？

骨與齒，本是一體兩面。中醫說拔牙會傷及骨本、腎氣；看過某篇醫學報導，拔牙甚至影響記憶與人格發展。恍惚間，回到母親撐開陰唇，第一次探頭，感受光的時刻。我奮力向前游，微光近在咫尺，產道盡頭，也是一雙眼長在口罩上，喃喃地說些什麼。

分離的初痛，唯有放聲大哭，以淚回應。

「會痛？」老牙醫降低診療椅。

「還會不會酸？」他改用鑽子試探。

診所充滿鄉村味，幾叢綠竹擋住遊人視線，入口是書櫃，往門內看，斗大書法映如眼簾，橫書「沒齒難忘」。壁上是一幅褪色靜思語：「生活若簡樸，人生就幸福。」想必老牙醫終生奉行此語，才將診所定名「樸園」。等候區有大型鹽燈，令人錯覺誤入水濂洞。有時醫生娘不在，老牙醫便順手將電視切回呆板國軍節目，上次還叮嚀偏鄉遊子，畢業後要回鄉貢獻，又囑咐我戴上牙套用餐後，一定要用牙間刷。

這些單調、乏味無奇，彷彿時光倒退、唱片般重複的老事物，反而令人安心。竹子與書櫃隔開內外視線，老節目與書，又讓等待的病患得以躲開彼此視線。三重隱蔽加上風水布置，令人錯覺老牙醫是個隱居人間的修行者，正氣凜然。拔牙的緊張消退，飄移不定的心，在此穩穩下錨。

喜歡老牙醫的成熟穩定，靠近時，還有一股淡淡甘草味，散發一種到位的體貼。他重建頹敗牙床，一如整治古蹟，一邊挖掘廢墟，一邊小心翼翼地保存昏黃化石。老牙醫帶著探照燈走入黑暗隧道中，手術檯上，陳列許多齒模：大的、小的，男的、女的，老少皆有。我想像老牙醫隨光陰縮小，走入古墓，無數屍骨崩落、沉默交錯，最終隧道坍塌，所有堅硬的言說，都化為一片虛無。

看牙時間漫長，等待時光也是。診療椅上的我其實體驗虛空，沒有時間感的延續。

或許蛀牙、缺牙，都是虛無在對人訴說，那些隱匿的痛，透過牙齒的孔洞來說。

我深信自己最幽微的祕密，只有老牙醫懂。真相，或更好說是真實，往往令人畏懼。

光影閃爍，我閉眼減輕疼痛。拔智齒時，時光從齒縫篩落，隧道閃現，出口是回憶——那年母親車禍，我跟弟妹接到鄰居電話嚎啕大哭，跪在門口呼天搶地祈禱，許是跟阿嬤鄉土劇看太多，狀況不明的三個傻孩子相信天公會回應，雲端會出現媽祖拯救。爾後電話響起，母親打來說只是扭傷腳不礙事，三姊弟如蒙特赦，竟歡天喜地跳起舞來。

之後，我長出左智齒。

升國二時，班導勤做家庭訪問，大伯變賣家產，做農的父親沒錢贖回祖產，酗酒賭博，母親吵著要離婚。家中沒錢，我跟弟妹怔怔地躲進被窩，鎮日隔房聽父母嘶吼、吵架、甩門。微小的世界面臨崩毀，我在被窩裡緊握小弟小妹的手，不知何去何從。

母親負氣離家，委託大伯母照料三餐。我安慰小弟小妹，說媽媽很快回來。

媽媽會回來，是一週、二週、還是三週之後了？

唧——唧——鑽牙聲傳來，為什麼連母親消失多久都想不起來？難道拋棄沒有時間？還是可能被拋棄這件事屬於無限，是始終難忘的事？

寒假後，我長出右智齒，身心起了變化。胸前微凸，由小孩變少女，成了弟妹仰賴的小大姊，在課業與家事間忙碌。家庭訪問時，班導追問為何不參加班上活動，比方遠足、畢業旅行？為何老是遲到？為何沒朋友？他懷疑我有自閉症，想多瞭解狀況。

「您說的，是其他同學吧？」母親大驚。

「我女兒一回家，聒噪得像麻雀一樣，唧唧喳喳講個沒完哩！」母親說。

班導與母親一時錯愕，無法理解彼此談的是同一個孩子。

那是我最早演出的雙面戲，對外沉默，在家搞笑。始終沒跟班導解釋：不遠足才可以省錢，正如我不讓母親知道自己的憂愁。那個小大姊藏得很好，是家中開心果、最可靠的大姊。總在弟妹哭時逗他們開心，告訴他們（也告訴自己）：一切都好。

一覺起來，世界都會正常運轉。

「當人最大的悲哀，是知道自己是渺小的那天。」當同學在操場打球時，小大姊獨自躲在圖書館閱讀，過於早熟地在筆記本寫滿這類句子。

「書寫，亦是不說話。它保持靜默，發出安靜無聲的狂吼。」十五歲半的瑪格麗特・莒哈絲（Marguerite Duras）如是寫到。與她不同的是，當年她是與中國情人分離；而同樣十五歲半的我是長出智齒，在疼痛中與不安一同成長。

閱讀與書寫，是避風港。書抄、日記，收納那些無法說出口的尷尬、想藏匿的東西。

窗外飄起細雨，滿月藏在烏雲後，此刻，老牙醫躲在口罩後，當起銀河焊接工。他填滿空間，圈起星空，讓三十顆星辰重新歸隊。打了麻醉的我暫時失去痛覺。他用鉗子大力拉扯，搖晃許久，又換了小扳手，降至三十度。折騰許久後，一顆血淋淋，比臼齒大的巨型智齒，連根破土而出。訝異智齒長相如此驚人，如考古學者掘出完整漢白玉般，老牙醫得意洋洋地將它放至我手心。

我看見一口象牙盒子，裝著舊時光。

空缺的智齒形成黑洞，彷彿消失的記憶，都回到原初秩序。老牙醫縫補從未痊癒的傷口，摧毀過度保護、歪斜、堅不可摧的固執。他將脆弱的四顆星辰兜在一起，以橡皮筋聚合，圈成土星環的引力。

當所有的元素校準，回憶消失，會發生什麼事呢？

陸續拔了共八顆牙的自己，意外發現拉橡皮筋時，沒一齒能咬合。上排牙如空中之城，只有兩條橡皮繩纜牽引，城中巨舌穿行。老牙醫用兩條橡皮筋鞏固上下星辰，那是支撐兩片殼貝的瑤柱，自此，我成了一枚緊閉的蛤，舌頭是蛤肉，得躲著牙根焊上的鐵勾。每次開口，都像撬開蛤蜊殼般費勁。我舔舔微滲血絲的嘴皮，自知這個摩擦無法產生珍珠，只有新冒芽、發炎的血泡濃縮膨脹。為此，舌尖老不安分，如蛤鬚試探齒縫，時時變換角度。

我彷彿又重新回到難以啟齒、遠離人群的求學時光。時刻打量父母心情，擅看臉色，變換身分。許是大姊之故，有時弟妹犯錯，我也連帶被處罰。早先我總不服氣嚷著妹妹早產，爸爸捨不得打；弟弟是獨子，媽媽護惜。只有自己是撿來的，才老被修理。話一出口，自然又討一頓打罵。

有些話不能說，說了傷人。

沉默如蛤蜊的小大姊，藉求學遠離家鄉。她認為真正的故鄉是在書裡，那裡有不知名親人，一起在字句裡取暖。

「寫這麼多字幹嘛？」老牙醫看著信封上滿滿寫著新年快樂，搖頭覺得費事，點了點現金，轉頭只一句：「還有錢生活嗎？」

一時臉頰熱燙，趕忙說有，還說不好意思弄到這麼晚，都十點半了！真心喜歡老牙醫，有時覺得他更像心理醫生。那些空缺的祕密，他不問也不多言，總以一個理解的眼神或手勢帶過，給了一包瞳孔大小的橡皮圈後，俐落拉上鐵門，來去如風。

那日過後，我成了汪洋海中以套索上岸的水手。慢速划槳，鉤棒綁著微小繩索，反覆拋擲下錨。練習數次，濕意橫陳。至此領悟套牙需精準技術，無奈口水又多，剛掀起上唇要套，漲潮，又讓小小橡圈飄得更遠。

後方的臼齒是游動鯊魚鰭，尖尖閃閃，屢次於鏡中追失，我擎著鉤棒，始終套不上。不只牙齒，過年返家，我發現自己漸漸套不到爸媽情緒，就連弟妹話語，也愈飄愈遠。放棄，改用鑷子小心拾取，耗了半天才搞定。

靠岸不易，自此我不肯輕易解開繩索。

封齒後，只能用舌頭頌讚食物。空中之城，巨舌滑行，想像輸送帶的食物是一組組液態詩，我無聲發音，小心吞服。如此慢條斯理吃著，用餐時光無限拉長，由於每一口都清晰吞嚥，嚼食有如儀式，我禮敬食物，時而忿忿然，盯著它們變冷的深意。

「我不會跟妳搶食，慢慢吃。」對面的N看我吃得狼吞虎嚥，溫柔說道。

印象中，自己始終沒好好吃過一頓飯，外宿外食，總是獨自一人快速解決所有食物。N始終不明白為何長相清秀的小大姊，吃相狼吞虎嚥。記得小時候家中孩子多，叔伯一家十餘口，讓祖厝更顯擁擠。自我有印象起，吃飯若不快，再多佳肴，都會在一片虎視眈眈中消逝不見。於是長大後的自己愛吃熱食，愛喝燙口的湯，尋求溫暖。那總也填不滿的飢餓，是童年肚腹烙得最深的印象。

「牙齦萎縮，有牙周病，」老牙醫諄諄告誡：「拔牙後不能吃太燙。」

我「哦」一聲點頭，答應只吃軟物。對貪食的自己來說，這無疑是酷刑。然而，我決心重新滋養自己，回顧童年的飲食之旅。這次我是生活料理師，有意識地烹調；這次，我是生命導演，定格每一口食物、珍惜吃這件事。如同踮腳尖，將全副力量集中於一處的芭蕾舞者，小大姊優雅地集中舌上味蕾，讓每一口吞嚥都清楚分明。

慢食，讓人改掉匆促填塞，倉皇解饑的惡習。

我甚至慢慢喜歡裝上牙套、微凸的嘴，那是新長出的喙。小時候總羨慕老鷹沒有限制，可無拘無束飛翔；現在自己也長出硬喙，可以咬嚼過去所有的「不可以」。我重新牽起那個過於堅強而肩膀僵硬、老是不懂放鬆的小大姊。她不僅吃不好，睡夢中也常驚醒，床鋪常擁擠地堆疊棉被抱枕，翻來覆去，非得要攀住些什麼才安心。檢視過往，我發現自己失去一些，也獲得一些，至於得失之間是什麼，好像也沒那麼重要了。

走出隧道，在窗台種起香草，藉著每日料理湯粥，滋養脾胃，我彷彿長出豐厚羽翼，開始有勇氣飛出童年舊巢，與齒牙一同歸位，重生。

我抬頭望，每顆星星都像鑲在天邊的牙齒，上弦月對我露出一抹神祕的笑。

金色之河

而我心中確實有條河，純金而閃亮；我相信那條河的源頭存在於現實與想像的交界，有著比海潮更魔幻的召喚，日日吸引人們前往。

猶記開學第一日，學姊與我一同漫步長堤，她說老政大幽默地將流經校園的景美溪命名「醉夢溪」，上游那段是「尋夢溪」，出了校園就是「碎夢溪」，調侃學子上大學後，一路尋夢、入夢，以及出社會，面臨工作失望的夢碎。她邊介紹、邊熱心指點環境。彼時東部北上的自己，習慣一望無盡的太平洋，乍見此溪景頗為失望，心中不免泛嘀咕：「不過就是山間排溝嘛！有何好看？」正想著，學姊又說起靠近男生宿舍那邊，蔣公銅像的馬，半夜十二點會換腳的鬼故事了！

當時剛入學，不明白學姊為何經歷畢業、結婚又離婚了，仍要選擇遷居校園附近的依戀與堅持。談起名人典故，那時的她神采飛揚，彷彿重返青春時光。夕陽染黃半邊天，慢慢在長堤盡頭隱沒，整條溪沐浴在菅芒點點流蘇下，確實是一條金色之河。

幾點白鷺染上金光，襯著斜暉，伴潺潺流水，翻飛。

這是第幾次走上長堤了？後來的自己也算不清。心情低落時，嘩啦啦的流水沖走哀愁；寫不出報告時，迎風搖曳的菅芒送來陣陣蓙香。記得巴斯卡說：「人是一枝會思考的蘆葦。」不知每日隨興漫步長堤的學子，是否都跟這些菅芒花一樣，迎風飄絮；在流金點點的歲月河畔，為課堂幾個小小想法，點頭又搖頭？

也許世界之所以構成世界，有時就只是視線所及；視線所不及，在於我們總是以「我」的主觀角度來思考，所以時而視而不見，時而聯想過多。

然而，這之間確實有一種航行，超乎時空、超乎個體與群體、超乎長期以來，我們用「自己」這個詞所侷限的框架；那是一種「忘我」的旅行狀態、精神上的飛翔。而我搭上的白色風帆，是金色航道上一棟毫不起眼的白色建築，一座圖書館。

在此，我們確實經歷一場名為「閱讀」的靜態航行。

說它是靜態也不全然，因它瞬間移動，在異時空穿梭自如；分秒之間，活動遠超過光速或音速所能抵達的地點。攤開一頁頁的書冊，彷彿搭上一雙雙翅膀，帶人遠離塵世喧囂、飛進看不見的國度。

在此航行中，我習慣帶隻筆，像擺渡人那樣，時而撐篙或搖槳，讓筆的節奏順著視線，沿著一行行文字回溯、晃蕩、迂迴、追逐。我知道，此趟航行會隨著文字海開展，最終發現可靠的堤岸，那屬於意義的新大陸，最終有所羅門王的豐富寶藏，等待挖掘。

因此，不論是遠行或閱讀，對我而言，都是旅行的方式。

只是出門遠遊是立體的，書上的旅行是平面的。雖然蝸居一隅，藉由精神懷想，薄薄紙翼卻會化作地平線的一點，那是想像的起點。在那裡，所有色彩與感官的豐富，遠勝於立體世界的三度空間，那是看不見的想像，構築虛擬時空。

這趟旅程隨著經驗增長及跨的海域愈多，旅人的視線會愈來愈寬廣，所見愈豐富，到最後，有一種功夫也慢慢成型。剛開始，旅行速度或許慢如蝸牛，細嚼慢嚥、反芻後還消化不良；然而隨時間積累，各路水手已能在文字海上飛馳如鷗鳥，追逐美麗的詩句，捕獲營養段落來反芻、餵補自己的空缺；此時眼力也鍛鍊如鷹，精準銳利，找到所要獵物之後，可以兔起鶻落，手到擒來。若航行的那片海域是熟悉的，水手們會在某段海域刻上航線、標上經緯，在書上留下深深淺淺、濃淡不一的航海記號，足供日後辨識。

我甚至為自己新發現的小島命名，倘若作者冷僻、無人拜訪。

這場狩獵精準實在，航行神祕未知。是以白色船艙中，我們總是可以看到龜縮一角，那個正在閱讀的傢伙，頃刻已然登陸外太空，不知飛翔到哪個國度，從他嘴角不自覺牽動的一抹詭譎微笑，他到底獵到什麼了？找到什麼寶藏？身處何方？又看到什麼？單憑燈下靜穆坐姿、時而竊笑的表情，一切難以猜測、無從判斷。

這趟祕密航行的戰利品、旅途上的冒險、航程與風景——只有他知道。

許是這種神祕吸引，才讓自己時不時攀在雪白船艙，沿著書壁不斷穿行，一晃就是十幾年。而甲板外的金色之河，也嘩啦啦向前奔流。

當讀者走出白色船艙透氣，長堤便是甲板，各式人物在其上健行，將人帶回熱鬧的當下，那是現實與夢幻的交界，可以邂逅各種生命，兩個世界的邊緣。

回到現實的醉夢溪，常見幾位慢跑者隨穩健的步伐律動，近了又遠去。遠方總有幾對小情侶坐在石階上，青春氣息滿溢。迎面而來的動物，竟錯覺是白色長臂猿。正驚奇怎會有人牽稀有動物來遛？如雪潔白的瘦長大物走近，我才赫然發現是一隻長相怪異的狗，詢問狗主，才知那是阿富汗獵犬，犬中貴族。

於是，我在校園的金色甲板邂逅各國犬種：哈士奇、杜賓、博美、吉娃娃、西施、柯基、柴犬等。沒想到長堤竟成了眾犬伸展台，令人目不暇給；眾犬穿梭交會的各類尾巴，或長或短，或捲曲或球狀，都隨芒花搖曳。久而久之，我發現原來這也是條充滿了對話與劇情之河，走在其上的每個人，各有各的故事；每日上演喜怒哀樂、悲歡離合。雖然這條河沒有大湖寬闊，沒有碧海磅礴，卻在主人與犬、來往運動的學生招呼聲中，滿是溫馨。

一日清晨，當自己悠閒拎著早餐去長堤享用，專注地看著一隻優雅的白斑蝶和著風，兩片薄翼緊貼著芒葉，像曾經美好卻漸漸消失的回憶，醒於未醒之間。一個慢跑老者突然離開航道，迅速跑至面前笑著大喊：「吃好一點！」我有些吃驚，一愣，看著手上的奶茶與蛋餅，隨後對老者拉長的背影大喊：「阿伯！我沒有減肥啊！」

隨後，老者及前方所有慢跑者都回頭曖昧一笑，正當我為一時衝動感到後悔，滿臉尷尬之際，心底確實因一個素不相識的老者問候，突然感到一陣溫暖。

東部看海的日子，漸漸縮小到這條白鷺夕照的河堤，情緒也從北上陌生的徬徨無依，到師生間熟稔相識，離開了一些舊友，也認識了一些新交，慢慢地發現自己生活融入河的節奏，隨流水潺潺。

有時世界之所以成世界，或許不是自己眼光及他人視線構成，而是心吧？

學思之際，這趟航行令我快速謄抄的，並非嚴肅理論，有時只是某些感動。比如吳越王錢鏐寫給皇后的信，那封盼妻子早日歸國的信箋。當然他是國王，大可下令要皇后儘速歸國，別在娘家待太久；可他卻只寫下這九個字：「陌上花開，可緩緩歸矣。」

隨後，默遣使者悄悄遞信箋給皇后。

那是詩的畫面，簡單幾個字，就把江南鶯飛草長，期待心愛伊人收拾心情，一路欣賞美麗春光慢慢回到自己身旁的浪漫。鏡頭緩緩拉回當下時空，而我在金色之河的航行中，聽見師長說起古時愛戀原是這般溫柔不失優雅，默默將此信箋謄人淡藍筆記本，心想是否哪天，自己身旁也會有個他這般溫柔地催促，帶著迫切相見的想念？

漫步於河畔，腦中的對話也悄悄被織入潺潺水聲裡，生活的悲喜、憂傷與煩惱，默默被風銘印。夜晚漫步長堤，依稀看見燈火通明的白色船艙，學生如魚游織，川流不息。

四方雅正的船艙寬裕地橫向發展，大部分的圖書館建築都是尖聳朝上，顯示其權威與學養高度。然而，我搭上的這艘白色大船，一入門，便是各種鮮豔植栽盛開在各個角落，這裡的職員善於插花、品味生活。

他們透過當季的植栽與花藝，說明智慧不會主動從知識的收集中產生，不管收集得多豐富；智慧只有當讀者處於內在，以第三者的角度靜觀審視時才綻放。

或許，生活不外是經驗、情感、記憶及思辨的總和，這一切的一切，如這條河不停奔流而過，潺潺流水帶走的，除了時光還有什麼呢？

君不行兮夷猶，蹇誰留兮中洲？美要眇兮宜修，沛吾乘兮桂舟。

想起《楚辭》的一段，漫步醉夢溪，學子們夢的又是什麼？又為何憂煩呢？我不只散步時沉思，更想從情緒的泥沼中提煉自在。溪裡獨立而思的幾個雪白智者，嘴裡叼著銀晃晃的魚，那是牠們立在歲月河畔，沉思的成果。於是了悟：鷺鷥，不正是鷺立而思？或許讓人沉醉的不是夢想，這條溪的本質更是清醒、沉澱的哲思之河。

漫步於長堤，這條河孕育、融入多重型態的生命。每逢下午四點，非常準時地，樟山寺的暮鼓晨鐘隱隱傳來天地禪偈，或許一個人的真理，是另一個人的荒誕；或許永遠不要把自己看得太重要，才好看得清、看得明，才好遊戲三昧，入得去、出得來。若人生如戲，任何角色，都是某種情緒化身。當讀者在生命之河沉澱情緒，希冀自在來去時，漫步於書海，便是靈感與神思交會的淘金時光。

參與課堂思辨時，我發現任何理論都像遊戲，偶爾，當自己也被遊戲困住時，在煩悶中，發現自己總是不知不覺走上這條溪，來來回回，踱步沉思。原來自己不希望被馴化成安逸棲止在一方海角的籠中鳥，我更願做隻燕子，輕巧快樂的順流，剪風而飛。

當人的身分愈來愈多元，時代洪流愈來愈急促，我更珍惜這種單純，那怕只是與花鳥同樂，共河水嬋娟，那都是屬於自己的流金時光。

學思反芻之際，自我也解構又重構、辯證數番，長堤見證路過他者的生命故事，也見證我的故事。故事透過風聲傳到耳裡，讓人知道什麼是獲得與失去，以及真正的分離。最後，我不只愛甲板拉長人影交雜訴說的故事，更愛上日落時分，菅芒花隨點點金光搖曳的風姿；愛那月明星稀的夜晚，藍空無塵，一片蛙噪蟲鳴聲裡，濃濃野薑飄香，點點螢火相送。

夏日之夜，有螢火流光，一直是遙遠的童年之夢。許是這樣靜寂的夜，沿岸薑花才沁人心脾，飄送到如此遠、如此孤獨的異鄉遊子心上。也唯有這樣長的溪岸，這樣柔的風相伴，讓人得以悠然走過四季，在漫步中澄清那些思慮與情感上的小煩惱。於是，我知道這條金色之河，在我身前、身後的萬萬千千生命都會走過。

獨行，卻不寂寞。

2020.4

樹鵲波波

一如以往用完早餐，漫步李園。

在這荒僻、罕見人煙的園子，聚集藍鵲、樹鵲、燕八哥、綠繡眼，還有五色鳥、黑冠麻鷺、紫嘯鶇等珍稀鳥類。我不止一次見賞鳥人群聚，架起鏡頭往上望，經過時怕驚飛鳥兒，他們總放慢步伐，彼此微笑不語，心照不宣地點頭。

賞鳥人的姿態是慢、靜、鬆、柔，低調等待。每到春夏之交，李園便成了一座育兒搖籃，唧唧喳喳的求婚曲、婚禮進行曲、此起彼落地和聲。也是那日，一名老者早早收拾攝影器材，無心再拍。順他視線望去，我看見一隻鳳頭蒼鷹正啄咬一具肉屍，距離太遠，看不清楚是什麼鳥。鳳頭蒼鷹少見，心下琢磨老者為何不拍？沒料到緊接著是藍鵲集體聒噪，那蒼鷹咬起枯枝築巢，六隻藍鵲閃著寶石般的藍尾羽，油畫般的藍筆觸如箭掃過林際，牠們群起攻擊，對鳳頭蒼鷹下逐客令。仔細一瞧，原來鷹巢距鵲巢不到數十步，可說比鄰而居。

看來，是非常不受歡迎的惡鄰居呢！

蒼鷹經此一役，寡不敵眾，自然打消築巢念頭。報復似的，趁藍鵲外出覓食，牠賊頭賊腦地跑來抓幼雛，藍鵲自然不是省油的燈，馬上嘎嘎大叫，隨著眾多藍羽箭射回，這次牠們夥同周遭樹鵲一起，眾鵲合力狠狠地啄下幾根鷹羽，蒼鷹只得狼狽告退。

藍鵲、樹鵲同是鴉科，雖然體型較巨嘴鴉小，腦袋可是精明異常。印地安蘇族有句謠諺：「水牛來了，水牛來了，烏鴉帶來這個訊息。」水牛代表豐盛與食物，烏鴉擅長為此聚集。鴉科共同特徵是聰明、好奇，喜歡玩耍和難聽的叫聲。台灣鴉科有烏鴉、藍鵲、喜鵲、樹鵲。在台北，烏鴉我只見過一次，不像東京烏鴉成患，已成空中飛賊。倒是喜鵲台北常見，一夫一妻，雙雙出現。至於樹鵲、藍鵲，往往現身就是一大家族。

蒼鷹事件過後不久，漫步李園，我便發現掉落在草地的小樹鵲。抬頭望，一時沒發現鳥巢，苦等許久未見親鳥，偏偏下起滂沱大雨，無奈下，我只好偷偷帶回寢室照顧。由於小時曾拾獲八哥幼雛，照顧野鳥有經驗，因此我飛快撐傘跑去跟養鳥的水果店老闆討些八哥飼料泡軟餵食，希望等雨停，再送牠回原地，探查鳥巢蹤影。

那日是母親節，颱風靠近，一夜大雨。我不禁掛念窗外母鳥是否也找尋牠的蹤影？深怕幼鳥染上人類氣味，母鳥不認，我戴上手套，小心翼翼將牠放在掉落原地的鄰近樹枝上，便跑去躲在木橋旁張望。李園位於校內偏僻一角，從斑駁石苔、高大鳳凰木與黑板樹造成的荒僻陰森感，可知路人少過，這裡安靜莊嚴，氣氛似墓園。

想起星野道夫在育空河追尋人類的起源神話，渡鴉之旅（Raven Journey）。當地長老說最初人們分裂為三個部族，彼此互相爭鬥，而將大家統合為同一部族的，就是渡鴉。

「渡鴉賜予所有生物名字，是這個世界的創造者。」長老緩緩地說著遠古故事，順道教他一句印地安話：

「Chotsin。」

「這是什麼意思？」

「愛。」

許是跨種族的愛，在阿拉斯加原野上，來自日本的他，與沉默寡言、形式低調、渡鴉家系的包柏成為好友。包柏是特林基特族墓園的守護者。守望小樹鵲回巢時，我總想著鴉科的牠與我相逢，是否也有這種神祕聯繫？不然怎會這麼巧，母親節掉下來的牠映入眼簾，而我又恰巧是有養鳥經驗的人？

不只阿拉斯加的長老留意烏鴉，印地安的霍皮族人相信在世上的每件事物都有兩種型態：物質的與靈性的。「卡心努」（katsinum）這個字的意思是靈魂，來自於「卡親那」這個字，卡親那是精靈，而精靈團中的酋長，正是一隻公烏鴉，身旁老跟著一隻貓頭鷹。

烏鴉與貓頭鷹，都是巫者最愛變形的鳥類。於是，我以日本節目變身動物第一名的貓頭鷹「波波」為牠命名，日文發音是「波波將」。羽管未褪的波波是灰溜溜的小肉丸，睡醒撥弄羽管，抖落一地蠟質。那時毛屑飛揚如薄霧晨曦，在寢室各處印上點點流光。

我將波波放在樹幹上。好半天，掛在空中的孤單行李沒半隻親鳥肯前來認領，魔法不因命名生效。之後還出現獵鳥犬靈提（Greyhound），這犬是野兔與鳥類的天敵，時速可達六十四公里，是跑速最快的狗。

幸好波波當時已在樹上，觀察靈提飛快走近走遠，旋即去追咬金背斑鳩，狗主緩行於後，並不攔阻，似乎得意愛犬表現。無情大雨再次降下，等不到親鳥、又逢獵犬浩劫，附近還有黑冠麻鷺這類猛禽。小波波瑟縮在樹頭許久，我只好摸摸鼻子，二度帶牠回宿舍。幾次後，只要外出，我總特意繞道去看那鳥巢是否有其他樹鵲出沒身影？詭異的是，不但未見親鳥，鄰近幾個巢穴，也聽不見其他幼雛探頭討食的聲音，李園一片死寂。

「可惜啊。」前日拍鳥的那位老者又帶攝影器材出現，我問他是否知道這些巢中鳥去哪裡？老者感嘆說起兩隻蒼鷹前來擄掠，許多親鳥棄巢而去。

難怪這幾日李園悄然無聲。我試著在腦中勾勒畫面，原來波波被我撿到前，空中曾有一場大戰。無法築巢的鳳頭蒼鷹應是與伴侶前來報復藍鵲，結果無法得逞，轉而攻擊附近的鳥巢，波波或許因此掉出巢外，從高樹墜於落葉堆，無傷已是奇蹟。

我想起詩人波希斯・帕斯特那克在筆記中如是寫道：

在本能的推助中，我們像隻燕子般築造世界：一個碩大的巢，是天與地、生與死的凝聚，也是兩種時間的凝合，一種時間我們能掌握，一種是此刻不在場的時間。

而我的世界，離巢與天空又有多遠呢？也是那幾日，政大傳出一個博士生因資格考失意而跳樓的新聞，由於地緣近、身分敏感，讓我收到不少親友的關懷電話。

生與死，如此靠近。

「樹是被風所搖晃的廣大浩瀚的鳥巢。我們對於鳥巢的懷想不是懷著熱烈的生活，我們回憶的是鳥巢的高度與孤獨。」法國哲學家巴舍拉（Bachelard）提到樹上的鳥巢，其意象正是孤獨。如果幻夢喜愛築巢於高處，世界是一首孤獨的歌；我想，沉思人生的智者，與蝸居一角、埋首苦寫論文的學子，必曾在寂靜中聽過這首歌。

那是一種你已安全地處在某個高度，卻仍顫危危地感到四周有個巨大黑洞，彷彿隨時可將你吞噬的壓力。你休憩，一邊打量自己未長成的翅翼，這窩巢既安逸又危險，離天空如此近；離飛行，還有一段漫長時光。

我想起小時候很不喜歡自己的姓。「廖」這個字很容易被其他小朋友發音為「尿」，大大取笑一番，一度讓我上台囁嚅語塞。那是段令人尷尬、恨不得迅速長大的童年時光。然而隨歲月增長，有師長安慰我說「廖」氏非常古老，還是百家姓中唯一有羽毛的，象形字是鳥高飛之貌，令人聯想純潔的羽毛、飛翔的自由。

自此，我多所留意身旁出沒的鳥類，常見的幾乎都叫得出名字。

注意樹鵲，也是因其古怪叫聲。牠們會發出短促、沙啞似「嘎、嘎～口不一」的婉轉喉音，或「嘎嘎嘎～～」一長聲連續。由於非常吵雜響亮，每當窗外牠們鳴叫，我腦中總是浮現法蘭斯瓦・普拉斯（Francois Place）寫的《歐赫貝奇幻地誌學》，那個製作地圖的神奇國度，漂浮在雲霞圖書館查資料的宇宙誌學者，為了要看清楚這些巨大圖書，學者們得把自己懸掛在半空中，為了維護自己喜歡的雲團爭論不休。

「久而久之，他們真以為自己是鳥，凌空亂飛，腦容量逐漸縮減成禽類的大小，變得過於伶牙俐齒。」普拉斯如此嘲弄這群象牙塔內的學者。

若小說想像哪天成真，我猜，像烏鴉、樹鵲這類爭執好辯的鴉科，恐怕都是博學多聞又斤斤計較的學者變成的吧？如此想來，每當樹鵲們饒舌辯論，不知為何，伏案苦讀的自己，即便腦袋還在許多理論雲團間打仗，心情卻莫名開朗。

叫聲外，牠們配色也引人矚目。

樹鵲雌雄同色，喙微彎、粗厚而強健有力；臉為黑色，喉及上胸呈現暗褐色，下胸鼠灰色；腹部米白，後頸淡褐色。初看只是配上長尾的大型麻雀，並不起眼。再仔細瞧瞧，後腦杓突兀地出現一圈灰白，陽光下呈現一片銀亮之光，令人錯覺假髮沒戴好。飛翼有一點白斑，飛行外顯。若色調如此含蓄收束也就罷了，偏偏尾下絨毛竟是亮麗橙紅色，彷彿一朵半開波斯菊，飛過天空時往往令人捧腹大笑。這奇異配色加聲音，像宣布一群小丑即將登場，不但假髮沒戴好，還包著橙紅尿布亂飛。

體型大，加上機警靈活、鳴聲響亮，難怪台語叫牠們「嘎嘎仔」，後山原住民則親切稱這群小丑為「嘎嘎溜」。

雖長相滑稽，樹鵲可是台灣特有亞種。學名 Dendrocitta formosae，由 fomosae（福爾摩沙）可知此鳥種為台灣首次發現，至於屬名 Dendrocitta，字意為「樹上之鳥」。慣以家族群聚共同活動的樹鵲，在樹冠上層飛行時，經常一隻接一隻，緩慢、上下起伏地飛，就像一群長翅膀的灰海豚，當樹林隨風飄盪成一片綠浪，牠們總是頂尖衝浪手，抓住樹尖雀躍滑行、飛滾翻跳。

波波自然繼承樹鵲家族所有特徵，除了橙色尿布、黑扇長尾尚未長出，兩汪賊溜溜黑曜石之眼，直盯著我餵食手轉，常不安分地想往外飛跳。我本來用鞋盒襯底，舊報紙做鋪墊，外出歸來，看牠竟站在紙盒邊緣等待，那時一半溫馨，一半擔心。怕牠摔下來，我只好撿拾宿舍回收桶內，不知何人丟棄的喜餅盒來裝。這盒子是個迷你模型屋，有屋頂可對開，只要用筷子固定，放上小燈泡保溫，住在其內，可如豪宅舒適。

布置完畢，看著波波在模型屋裡張口討食，我不免感慨。巴舍拉曾在《空間詩學》思考窩巢是世界原初的託付，是一種對宇宙信賴感的原始召喚。

巴舍拉認為孤獨與寓居是一組自然不過的對照，巢與家可互換。

曾幾何時，我們祖先有巢氏學鳥兒在樹上安居，而今意外拾獲的幼鳥，卻住進空蕩蕩的人類模型屋裡？喜餅設計成的模型屋自有成家之意。諷刺的是，我們這代人可是一房難求，不少年輕學子走上街頭抗議，發動巢運。蝸居的莘莘學子，想有個平價舒適的窩，談何容易？

我們是無殼蝸牛、流浪遷徙的一代，或許本質更貼近候鳥而非林鳥？

觀察波波其實也不滿意這豪宅，住沒多久就跳出來。我猜所有的鳥，或許都嚮往天空、都患有幽閉恐懼症。無奈之下，我只好去李園找素材，印象裡樟樹成熟時，常見樹鵲在四周團團繞。樟樹漿果呈球形，熟成紫黑色，那黝黑漿果是搓揉浸漬久矣的仙藥丸，不到半分指尖的小花，乳黃帶綠。

摘了好些樹籽打算回去餵波波，四處尋覓分杈如彈弓的枯枝。繞了一圈，好不容易找了一對筆直樟枝做橫桿，用橡皮筋固定兩端；拿之前鞋盒做底，支架對角放，再去文具店買了紙黏土，密密厚厚地塗在樹枝與紙盒底層，直到形成人工燕窩般的兩團泥，牢牢固定為止。不到半小時，樸拙原始的鳥架，自然成型。

波波顯然比較滿意這無籠的新家，一見就跳上樟枝橫桿，縮頸棲眠。我在紙盒下方墊了舊報紙，任何時間都不擔心牠排便。於是波波就棲息在鳥架，我打電腦，牠休息，每隔兩小時餵食泡軟的八哥飼料。一週下來，彷彿整個人也變成親鳥，我知道牠何時肚餓、何時起身想飛、何時拉筋整羽、何時跳下搗蛋。只是這並非長久之計，一來宿舍明文規定不可養寵物，二來親鳥棄巢下，我無法將牠送回原地，那裡已危機四伏。

後來的波波怎麼了呢？

「結果」（outcome）這個詞總是意味結局，小說中則指故事如何收尾，主角下落是悲是喜？然而，這個詞彙的意象更像從房子或住宅走出來，到外面去（come out）。現實中跳出巢的波波與離鄉求學的遊子如我，都希望彼此的遷徙最終能有好結果。在這點上，我喜歡約翰・伯格說的：「結果可以用來指聽眾、讀者或觀眾，如何讓故事在他們接下來的人生中繼續發酵。將故事存放何處，又以何種心境沉澱它？」

透過遠方的N，我聯繫上一間鑰匙店老闆，他曾收養颱風天落下的樹鵲，有養鳥經驗。據N說，老闆採自然主義，是愛鳥人士，他曾見老闆與樹鵲玩丟擲硬幣遊戲，印象深刻。前幾日，那隻樹鵲發情期外出成家，從此再沒飛回來。老闆心中失落捨不得，又覺得這才是對那隻樹鵲來說，最好的結局。

「只是店內冷清不少，剩一隻瘸腿老狗陪他打鑰匙。」N說。

傳訊給N，我認真問，「請幫我轉達那老闆，問他是否願意再收一次自然的禮物？」

於是經由聯繫，鑰匙店老闆表明非常願意收養波波，讓他的樹鵲故事有了下文；而我也可鬆口氣，不用擔心違反宿舍條約。不久，我帶鳥架與波波驅車南下，這笑起來像久石讓的瘦削老者，精神爽朗，一早就等在門口張望。看見波波後，經驗老道地拿出針筒餵食，談起先前養的樹鵲，就像媽媽念起育兒經。

於是我知道，這份愛要放手，得忍耐一陣子不要太常去拜訪波波，讓牠與老者培養感情。我還知道，為何波波會選在母親節掉落？當牠墜落那刻，想必有雙無形、看不見的手，輕柔地托起牠，同時也托起煩躁不安、寫論文的我，以及遠方仰望空盪天際，翹首盼熟悉鳥影歸巢的老者。

「Chotsin。」我在心頭合掌，對滋養一切的大地之母感恩，默誦這個字。

空中的建築師

建築哀傷與喜悅的，是一道青藍的光，略帶雪白紋痕。

漫步於校園，迷茫晨霧，一道靛藍光霍然閃現。如夜沉黑尾羽，燦亮如星的明眸，那鳥低頭啄草拾蟲，不時側看夥伴，敦促幾聲。從胸腔發出的嘹亮音色令人難忘，不似鳥鳴，倒像木工裁製桌椅時，陣陣車針回響。

「卡嚓！卡嚓！卡嚓！」那是喜鵲呼喚伴侶的聲音。

這聲音令人想起小時候，隔壁鄰居燕叔做的木工。童年的我老愛蹲踞於地，盯著燕叔做木活。他總一臉嚴肅地看了許久，小心測量尺寸，墨斗彈線，拉開鋸子鋸木料，再用刨刀刨平表面，片片木花如雪飄落；刨好木頭後鑿孔，熟悉的喀嚓、喀嚓聲響起，燕叔將刨好的木頭組合，那兩片木頭彷彿天生一體似的，木紋也天衣無縫銜接，變成新的連體嬰。

拆開、合併、拆開、合併……一如蝴蝶斂翅，燕叔流利地在沉默中完成量、鋸、刨、鑿，一套完整細膩、天然流暢的指法。

燕叔是木頭魔術師，做什麼都不費力，小小的我心想。

小小的我也曾試著想搬動其中一塊扁平、充滿香味的大餅乾。然而這塊餅乾對我來說著實太厚、太硬、也太重。燕叔看了又好氣又好笑，他輕輕伸手，一抬一轉，巨大木片頓時失去所有重量，如滑翔翼輕巧起飛，斜斜降落在木桌上，安穩就位。

「卡嚓！卡嚓！卡嚓！」校園裡，喜鵲歡喜叫著。

牠們胸前有台灣黑熊的V領，白紋延伸到背後，像穿學士服等著拍畢業照的學生。這也是我童年最早撫觸的鳥羽，在它還是羽絨的時候。第一次細看這種鳥，是一個狂風肆虐後的早晨，是否颱風我也忘了，只知是罕見大風。那日燕叔忙著剪除、清理路旁的木棉，赫然發現碎裂的白蟻窩附近有兩隻幼鳥，旁邊都是小樹枝與泥土塊，還有破襪子、羽毛、棉絮。

「如果是白蟻巢，應該只有木頭，不可能有棉絮。」燕叔道。

「可是這麼大泥球，只有白蟻才做得出來哪！」小小的我隨口應。

跟燕叔好奇盯著泥團，一時忘了自己正趕著上學。泥團一半圓弧還保留完整，這巢足足有四十公分寬哪！附近從未見過如此奇特蟻巢，我也沒把握是白蟻。奇怪的是不見育雛親鳥，興許是被風吹跑了？兩隻黑漆漆幼鳥，一碰燕叔手溫，急急張開鵝黃大嘴，伸頸討吃。

「說不定是變種燕子？」我好奇瞎猜著。

「有可能，」燕叔道：「燕子也會啣泥做巢。」

許是名字有「燕」的緣故吧！燕叔後來收養牠們，只見他小心翼翼地用厚實手掌托起牠們，憐惜地收留兩隻黑不溜丟、尚未開眼的幼鳥。雖說是幼鳥，體型也太大了，會是烏鴉嗎？雖然心中暗暗起疑，放學後還是勤跑燕叔家，跟著去菜園抓蟲，不時學燕叔拿起剪掉一半的吸管充當鳥嘴，將泡軟的飼料泥餵入牠們嗷嗷待哺的黃嘴。

就這樣，不到一星期，牠們都認得我了。後來翅膀長出白點，燕叔鬆了口氣說這肯定不是烏鴉！因為烏鴉全身漆黑，比較像八哥。可後來，牠們又長出了白背心，下腹也變白，漆黑的翅與尾，泛著藍綠金屬光澤，體型漸大，愈看愈不像八哥。

一日，小小的我忍不住，跟燕叔借了這對幼鳥回家玩，被母親誤會抓野鳥狠狠訓了一頓，她嚷著抓仙女鳥會有報應，要我快放回巢中。

仙女鳥？小小的我喜孜孜地聽母親說，這是搭鵲橋的仙女鳥——喜鵲。驗明正身後，來不及穿鞋，我便匆匆跑去燕叔家直嚷嚷那是仙女鳥，帶來吉祥與愛情的鳥。

燕叔很是歡喜，雖然木工了得，因學歷不高，燕叔國小畢業就做粗活貼補家計。太太錦姨小他九歲，是母親的換帖好姊妹，兩人常去市場買菜。媽常說「老尪疼細某」，燕叔與錦姨站一塊兒就顯老了，常見錦姨對燕叔嬌嗔，使喚來去。燕叔護妻，總是盡量滿足她。生下一對兒女後，錦姨吵著要新房。自從知道養的是喜鵲後，燕叔精神一振，決定近日著手打地基、蓋新房。於是日夜轉製模型、看地、挑建材，忙得不可開交。

傳統的喜鵲國畫，常畫兩隻鵲面對面，這叫「喜相逢」；雙鵲加一枚古錢，叫「喜在眼前」；一隻獾在樹下和喜鵲對望，叫「歡天喜地」；過年最常見的是喜鵲立梅枝，那是「喜上眉梢」。

燕叔正是喜上眉梢。平日燕叔蓋房施工，小小的我便幫忙顧鳥，假日才歸還。母親老念我，說我這是無事忙，人家蓋房、養鳥都要湊一腳。那段時間除了幫忙照顧喜鵲外，我更常去圖書館查鳥的資料，見面就報告新鮮事，燕叔愛聽我講故事。

「台灣本來是沒有喜鵲的，」小小的我說，「據說是鄭成功軍隊從大陸帶來台灣的，這種鳥原來生活在大陸北方，為了要抵禦零下幾十度的低溫，巢築成球形，出口在巢側邊，」拿著筆，一邊畫在日曆上給燕叔看，我一邊說：「喜鵲巢外面看似粗糙，都是樹枝，裡面卻十分光滑；牠們用層層黃泥抹成牆壁，巢是不透風的，黃泥是夾雜著草的纖維做成，堅韌穩固，內墊又鋪滿纖維、草根、苔蘚、棉絮和羽毛等柔軟物，這就是喜鵲在零下幾十度也凍不死的祕密啦！牠們可是鳥界的厲害建築師喔！」畫完後，我得意洋洋說：「喜鵲巢可舒適啦！所以會有其他鳥來偷下蛋，鳩占鵲巢就是講這種事。喜鵲每年會築許多假巢，在真巢周圍搭很多不用的空巢，預防其他鳥寄生。」

燕叔聽了直點頭，他也是蓋房高手，對喜鵲有英雄惜英雄之感。後來新居落成，媽帶鄰居細細觀摩，直羨慕地說那一磚一瓦都是錦姨挑的上好材質，孝親房、兒女房都是獨立衛浴。錦姨好客，愛唱歌，燕叔就準備一間會客室，蓋個專唱卡拉OK的包廂。那陣子，爸媽常攜酒菜去燕叔家唱歌，興之所致，籠裡一對喜鵲也跟著哼哼跳跳，好不熱鬧！

光陰荏苒，如今我每次搭車經過木柵動物園，看見車窗外一排黑板樹上，大大小小的枯枝堆疊半人高的巢，總是會心一笑，那是城裡空中建築師蓋的華廈。台北不似東京被烏鴉攻陷，然而，若有一種鳥可以自在出入、稱霸北城，想來定是喜鵲無疑。多少次市政府外、電影院前，鬧區也常見牠們一夫一妻，毫無忌憚於人行道上行走，一搭一唱，好不熱鬧！觀察校園喜鵲，數量也愈來愈多。

「唧唧！卡嚓！卡嚓——唧唧唧！」一次，校園喜鵲聲音變得奇怪，尖銳慌忙，充滿警戒的長短音。

我推開窗，赫然看見一對喜鵲夫妻強悍地驅趕大冠鷲，原來那鷹飛得太低了。真不可思議，明明體型懸殊，為了護巢奮力一搏。順手查起喜鵲護巢行為，網路有許多鳥友經驗，談起外拍最怕碰到喜鵲，特別是發情期，不管任何鳥種，喜鵲都會去驅趕。鳥友還為此開一個分享專輯，主題是搶鏡王，只要拍到喜鵲畫面者都可上傳。於是出現一系列令人發噱鏡頭，比如前一秒本來要拍松鷹的，喜鵲出現，松鷹被趕；拍烏頭翁的，喜鵲飛近，烏頭翁逃命；拍鳳頭蒼鷹的，喜鵲依然占上風，畢竟體大又嘴利的夫妻聯手，孤鷹難敵，只見大冠鷲被狠狠啄頭後，倉皇飛離。

幾乎每個鳥友都有被喜鵲搶鏡頭的經驗，順手都可傳幾張這種喧賓奪主照。那些被驅逐鳥種也非有敵意，純粹只是過於靠近領空就被驅趕。那刻，鏡頭失神，一道悍然黑影伴藍光降落，箭簇射向不速之客，鳥友調侃喜鵲登場，這不合理的攻擊，才是鳥界有名的憤怒鳥。

我寧願相信，為牛郎織女搭鵲橋的喜鵲是好心的，牠們知道愛情來之不易，為此護惜。念研究所後，忙於課業少回家。聽說那對喜鵲長大後飛出去，試著在高壓電塔築巢，一隻被電流擊中掉落；另一隻則在死去那隻身旁，整夜哀鳴，任燕叔如何叫喚也不回籠，隔日不知所蹤，再也不回來。

「悲劇，就是愛，就是歇斯底里。」法國女作家瑪格麗特•莒哈絲曾這樣形容愛情，而她筆下的男女主角，在等待對方的漫長時光中，也呈現這樣癲癇入魔的痴狂，產生許多不合理的偏執行為。

難得回家一趟，聽說燕叔為了女兒澳洲留學，跟錦姨北上包工程，沒日沒夜地挑水泥賺錢，兒子卻在他們不在家這段時間變壞，飆車打架樣樣來。燕叔氣得回鄉下，加蓋幾間客房當民宿，讓兒子有正經生意做。無奈兒子還是踏上不歸路，女兒最後則在澳洲閃婚。

自從發生這些事之後，燕叔性情大變，悶悶不樂，整日喝酒，媽也少去燕叔家了。錦姨為了賺錢，聽算命師的話改名，每天打扮得漂漂亮亮，穿高跟鞋，學人家賣保險；鄉里傳她為了拉人脈，跟某個代表走得特別近，關係曖昧。而我始終掛心燕叔，面臨這些巨變，這些年他笑容愈來愈少了。過年也不出門，點著菸、青著臉，望著遠方流雲沉默不語；坐在空蕩蕩的階梯旁，等錦姨歸來。曾幾何時，這座簇新的大房子變得如此孤單，充滿蒼老而清冷的氣息。

莫非是喜鵲的悲劇影響家運？我很難不這樣聯想。畢竟烏鴉與喜鵲不只血緣相近，同樣是預告未來的鳥，外型也相似，差別只在一道令人目眩的特殊白紋、那道靛藍的光。

王之望有首詩，說明人們區別二鳥的荒謬：

有憂烏啼門，有喜鵲噪廬。主人聞啼噪，喜鵲唾老烏。
吉凶實由人，烏鵲何與乎？但知預相報，其智各有餘。

王之望疑惑，烏鴉與喜鵲這兩種鳥都有預知能力，為何喜鵲是吉，烏鴉就是凶呢？長大後的我，發現不管喜鵲或烏鴉，歷史記載中都曾預告死亡，令人感到沉重。

再聽說時，燕叔已是大腸癌末期，因擔心妻子外遇，他精神緊張，時時跟監。錦姨在路上跟任何異性打招呼都不行，跟客戶談保險，燕叔一定會追蹤是誰，還會不期然出沒在錦姨約談的咖啡廳附近，佯裝出來買菸。

「卡嚓！卡嚓！卡嚓！」校園裡的喜鵲又叫了。

仔細端詳草叢中如衛兵大踏步的喜鵲，嘴裡還啣一段樹枝，不一會兒又呼喚伴侶去河邊，啣泥而飛。想來築巢季節又到了吧？我擔心燕叔善妒行為跟喜鵲一樣，浪費許多力氣驅逐想像中的敵人，反而於事無補。過年回家採辦年貨，難得見錦姨來，後頭緊跟著燕叔，媽尷尬打招呼，這時我發現，燕叔看起來確實是老了，長年離家的自己，一時間也不知能跟他說些什麼，似乎任何安慰與祝福都顯突兀，只能沉默隨母親挑選年貨，目送他們夫妻一老一少，一前一後，步伐不一的遠去背影。

何處尋芳信？心自省。念咫尺，青樓應怪人薄倖。
歸期將近。料喜鵲先知，飛來報了，日日倚門等。

不知為何，看那背影令人想起宋代趙善括這首〈摸魚兒〉。有形建材易找，無形的崩毀難防。一時心情有些複雜，手邊正讀到美國作家泰莉（Terry Tempest Williams）在《聲音的旅行》追尋母親的足跡時，思考過的問題。她認為世界已然崩裂，每個人都必須以自己的方式、在自己的一生裡，以自己的天賦去癒合它。

建築愛的材料是什麼？我猜，為牛郎織女搭橋的喜鵲一定知道；至於如何讓愛情堅固長久？長命無絕衰？我想，這答案不只連喜鵲也不知道，或許，神仙也難以回答。

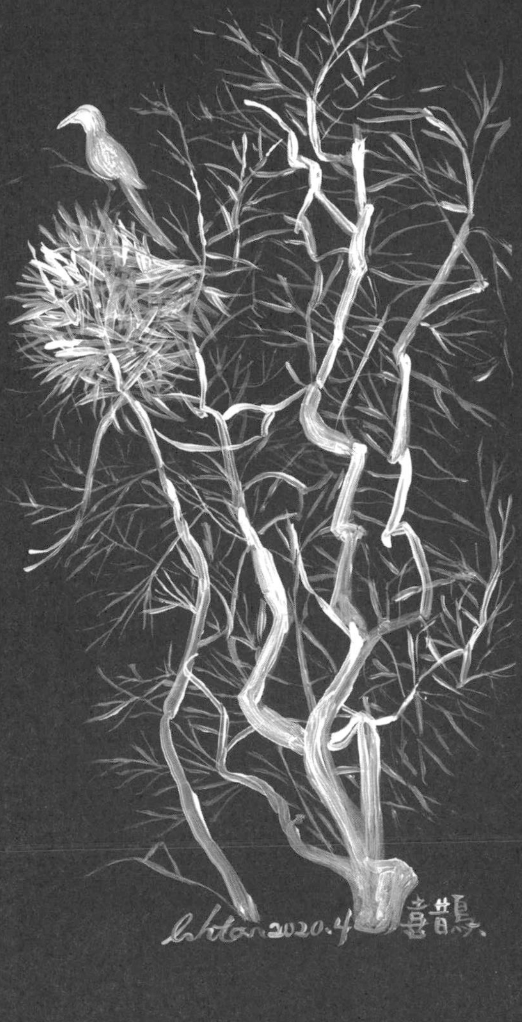
2020.4
喜鵲

枇杷圖

「妳枇杷花幹嘛簽名啦？很俗耶！」妹打電話碎念。

「這才有特色嘛！」我淡淡回她：「收到影印的西卡紙了嗎？」

「有啦！只有妳會用這種超俗的黃色！」妹在電話那頭說，「等一下，媽有事要問。」接著是話筒放下、熟悉又遙遠的跑步聲。

「女兒ㄟ！妳爸懷疑我們家枇杷園有人下蠱，他發現路旁的樹頭有人插香……」

「唉呦！那不是下蠱啦，那是吃果子拜樹頭的感恩大地儀式啦！」

我有些懊惱。

「拜妳咧大頭啦！家裡就妳鬼主意最多，最讓人煩惱……」

叨念如浪潮襲來，聽起來刺耳。在圖書館工讀、整架的我趕忙說要趕報告，快快掛了電話。想到爸爸看到園子裡枇杷樹下滿是線香，一臉驚嚇的表情，不免想笑。

高中上國文課時，曾被老師問：「妳家種枇杷，那妳可以解釋何謂：枇杷晚翠嗎？」

當時我窘在那裡，不知所措。後來查資料，才知枇杷晚翠，說的是枇杷「經冬而蒼翠不變」。看到註解，令人不免有些納悶：枇杷雖經冬不凋，枇杷葉近乎墨綠，可是濃實的黑，怎會用「翠」來形容呢？

春節返家才恍然大悟，原來枇杷開花前，葉子會發新芽幾次，若不把新芽打掉就會瘋長葉子。爸爸為了讓收成好，花開多一些，總是將那些新芽打掉，這個活動台語叫「捻摎仔」。

回頭再看南朝梁周興嗣的《千字文》寫：「枇杷晚翠，梧桐早凋。」可見「晚」應指「歲晚」，說的是過年時枇杷仍抽新芽、一片翠綠，而梧桐葉早就凋零了。自從知道「枇杷晚翠」暗含經霜氣節後，當年被叫上台、失語的尷尬彷彿扳回一成，出於某種認同感，當大家年節都忙著大掃除之際，我卻樂於主動下田幫忙「捻摎仔」。

在東部偏遠地帶，家裡與鄰舍耕種的這一畝畝田叫「坑仔內」，由於四周被群山圍繞著，彷彿天然的小山窪。在這個遠離城鎮的小小山區，左鄰右舍都種枇杷，大家下田還會吹口哨唱歌，孩子們負責捻摎仔，總會兜著滿懷的枇杷嫩葉當箭，爬上枇杷樹，朝另一樹的弓箭手發射。自然，在不敵對手掉下樹、以及被大人發現枇杷雨之前，孩子們會識相地收手。

從小，我就是在枇杷袋上，搖搖晃晃學走路的孩子。

「真奇怪，明明很不穩，妳偏偏是在那時候學會走路！」

母親總愛碎念那些野小孩依著枇杷下田活動，發明難以管束的怪點子，「假鬼假怪！」她總用台語怒罵。而我搖搖晃晃，從層層褪下的枇杷袋顛顛學步，到大搖大擺趕火雞回家，與鄰居一起大吼大叫放沖天炮、趕走園裡偷食落果的松鼠。

眨眼間，野丫頭不知不覺上了大學，念了研究所。

坑仔內的時間彷彿靜止般，仍是神話時間，山道野草年年不變，花鳥蜂蝶日日飛。不同的是，近一甲子，六十年以上的老欉枇杷愈抽愈高，爸媽倒顯得愈來愈矮。

「防水、抗菌、防蟲……還有抗 UV 紫外線！」

彷彿發現新大陸般，我對農會發下來、簇新的枇杷袋嘖嘖稱奇：「最好有抗 UV 啦！這樣果子怎麼會長大？」

「看什麼看！還不趕快來幫忙？」矮小胖乎的母親爬上樹，現在，換她要站在樹的主幹上，才可依序把旁枝拉過來穿衣服。而我的新工作除了撿摜仔，還要找出紅色線，在紙袋上做記號。

枇杷依日照、向光、背光等不足，有的早熟、有的慢熟。

坑仔內的農夫們，很早就發覺山腰上枇杷熟成不一，要用不同顏色繩子做記號。紅線是最早熟的那批，黃線其次，藍線再次之；黑線是最晚熟成的，當然，順序有時會調整。

為何要幫枇杷穿密不透風的紙衣？

除了怕蟲鳥啄咬，枇杷有秋日養蕾、冬季開花、春來結子、夏初成熟的特質，可說承四時雨露，故稱「藥王樹」；枇杷的根、莖、葉、花、果，全株都可入藥，甚至連果核都可以拿來泡酒，做成枇杷酒。可想而知，古人將枇杷譽為「果中之皇」，認為它是「果中獨備四時之氣」，枇杷樹，自然少不了各類蟲鳥光顧。所以宋祁詩中才要說：「有果實西蜀，作花凌早寒，樹繁碧玉葉，柯疊黃金丸。」這便是對枇杷的花、葉、果確切的素描。而以「黃金丸」來比擬仙果，自然是稱讚枇杷有療效的藥性了。

為了防蟲咬、防雨水，農會在紙袋設計上頗費功夫。細看枇杷穿的白色風衣，裁如四角的密閉空間，僅留左上一小孔，讓果農窺視裡面果實是否熟透，蠟紙設計不僅防水，更防蟲咬。年節期間，這山、那山，坑仔內雪白的枇杷袋開滿山頭，彷彿不凋的雪，襯得滿山谷白悠悠，煞是好看！

張眼偷窺，我拿紅筆在白色風衣上畫圈，一個圈有一個早熟的果，兩個就是整叢可食。纍纍枇杷可不能說「串」，要說「叢」。枇杷和葡萄大不同，雖然枇杷纍纍結實，卻不如葡萄倒掛下垂，黃澄澄的它們躲在白色風衣中，崢嶸向上長，撐開的樹掌像千手觀音，開屏便見枇杷豎起拇指，粒粒分明、迎風揮舞。

「齁！妳緊來看！這裡有松鼠咬過的痕跡！快回去拿那個來！」

母親看見園子被咬破的白風衣，總是提高警覺，彷彿那些松鼠是恐怖的偵查員，即將大軍壓境，其實最壞，也不過田邊兩三棵靠竹林的枇杷被整樹抄家而已。

山裡習俗是抓動物前不能說破，所以媽用眼神示意回去拿那個，指的是捕鼠籠陷阱。我總懷疑坑仔內的松鼠、烏頭翁、畫眉們都有天眼通，不然為何枇杷包得密密實實，牠們總可以知道青熟、咬破袋子偷食？

記得唐朝羊士諤有一首詩，談枇杷吸引鳥禽的光景：

珍樹寒始花，氤氳九秋月，佳期若有待，芳意常無絕。
嫋嫋碧海風，濛濛綠枝雪，急景有餘妍，春禽自流悅。

讀來令人心怡，但實際用在果園戰場，這些春禽可就不那麼可愛了！我學得一口鷹嘯，特別是大冠鷲嘯聲，便是用來嚇唬這群不請自來的小食客，而這群食客中最賴皮的，要算台灣特有種烏頭翁，牠們老愛樹上築巢。後來明瞭牠們的稀有以及特殊性，我只能睜一隻眼閉一隻眼，勸爸媽不傷禽鳥、不噴農藥，興致一來，還學著牠們哼唱著。

枇杷園的合唱頗有可觀之處，特別是雨落前，滿山滿谷的竹雞「雞狗乖～雞狗乖～」叫個不停，此起彼落，叫得比滿山蟬鳴還壯，可謂竹雞交響樂。

每當滿園春色關不住，翠葉滴鑽、黃果欲燃時，這些叮叮咚咚的多音鳥語、婉聲複調便殷殷切切唱起。這時，總令人想到枇杷原來不叫枇杷，古名原為「蘆橘」，因果子形似琵琶樂器得名。或許以樂器為名，才讓這些春禽更喜結伴親近吧？

「枇杷尿尿囉！」果園裡，爸爸大喊。

由於枇杷果子朝天長，白色風衣也是往上套，可想而知，那偷窺的小孔，自然也承接雨水，都說春天後母臉，反覆不定的天氣，坑仔內的枇杷尤其怕焚風，更怕梅雨，特別是清明左右。細雨雖然滋潤土壤，豐腴翠葉，卻也催枇杷早熟。每當這時，爸爸總不免在偷窺果實之際，順勢被枇杷尿洗臉。

枇杷肉軟多汁，酸甜適度，不僅是春禽佳餚，濃郁花果香，更吸引蜂蝶流連。樹冠如花型燦放，捻攖仔時，我注意滿是絨毛的葉心上，每每站一隻祈禱殺手。牠們掛起鐮刀，那是台灣花螳螂獵食蜂蝶前的儀式。偶爾，有那麼幾次，我瞥見樹皮螳螂假扮成樹幹，獵食過路蝴蝶。

由於枇杷為許多昆蟲食草，果園獵食秀便日日上映。每株枇杷四周還有八腳獵人架起天絲網，清晨，蛛網雨露透亮如水晶，煞是好看！一一查名，那背上有希特勒鬍子、總是笑盈盈的獵人名叫黑綠鬼蛛，而身上有八卦配置的獵人叫乳頭棘蛛，牠們出場最多，絲網像斑馬線，一白一黑的拼接天橋，牠們算枇杷園管家，數量最龐大；至於像巫毒娃娃的小丑，那是二角塵蛛；偶爾會在網上畫畫的八腳獵人，是長銀塵蛛。

古人名之「蜘蛛」，有其深意。

蜘蛛，顧名思義，即是「知」道「誅」蟲之術，故謂「知誅」。是以每當捻攖仔疲累時，小時候，我總愛抓山蟻小蟲扔進這些水晶網裡，看獵人們忙惑，這是暫歇的小惡趣，特別將祈禱殺手也扔進蛛網那刻，螳螂殺手遇上八腳獵人，這幕高手過招的廝殺好戲，可比布袋戲對陣精彩。

「怎麼這麼多海尼根？」

上次回家，意外發現每棵枇杷樹下附近，都有一罐海尼根。

「攏妳阿爸，說時機歹歹，生意難做，賣枇杷賺不了多少錢，說他老了沒氣力，看廣告海尼根很多男人去搶，他也跟風去買，說飲了才有氣力！不知情的人路過，還以為我們家枇杷都喝啤酒長大！」

媽一邊碎念，一邊緩慢吃力地爬上樹，她用手套清理黏在臉上的蜘蛛絲，「遮蜘蛛有夠可惡，等我有空，看我怎麼收拾！」

我忙著跟母親解釋蜘蛛是益蟲，園裡不噴農藥，需要牠們除去那些害蟲。一靠近母親，才發現她臉上劃滿密密麻麻、斑駁的紋路。那是日曬雨淋的歲月之痕，比層層蜘蛛網還令人驚怖。

夜間散步時，母親遇見隔壁的暖姨，她悄聲問母親有沒有要改種大陸品種的打算？

「隔壁阿財說要毀掉枇杷園改種釋迦，收入比較好。」

「他種的釋迦不是大目仔，而是改良的鳳梨釋迦，這種釋迦噴農藥很傷重，」母親接著嘆，「阿財雖賺錢，但拚命噴農藥也住院，要保命，還是賺錢好？」

暖姨也搖搖頭，說還是種枇杷比較好、卡單純。

「這些枇杷都是老欉，」母親嘆口氣，「都種六十年，也有感情了呀！」

接著，她轉而提到另一座山頭的老夫妻，兩人年輕結婚時，曾一左一右，在庭院前種一對枇杷，結果老公公死去後，左邊的那棵枇杷樹跟著枯死，老婆婆很難過。她子女不想讓老人家太傷心，所以把右邊枇杷樹移走了。沒想到移去的老欉不適應新土，跟著枯死，老婆婆之後生重病，枇杷剛死不久，老婆婆也走了。

跟暖姨談起這些靈異的鄉野奇聞，母親都一臉正經。

我想起以前讀歸有光的《項脊軒志》，文末道：「庭有枇杷樹，吾妻死之年所手植也，今已亭亭如蓋矣。」當時年輕，不懂歸有光為何結尾特別提那棵枇杷樹是妻子種的。如今想來，枇杷既是經霜不凋、翠綠依然；樹猶如此，人何以堪？

想來不免神傷。

枇杷即便結實纍纍也是虬枝旁出、垂然挺立。那不肯低頭的特性，總令我想起文人風骨氣節。事實上，枇杷葉大蔭濃，邊緣犀利如針，一不小心就會被劃傷。古時亦有枇杷劍，以葉形為鑄，可知鋒利。入園時，我跟母親都得包頭巾、戴斗笠、手套、穿長褲雨鞋，全副武裝，避其鋒芒。反觀父親，一穿雨鞋就下田，也不管是否割傷。

爸爸這幾年少唱山歌了，附近幾個村農都改種鳳梨釋迦，增高收入的那幾年，也曾得意洋洋展示改良種給他品嘗，但他還是覺得傳統大目仔比較道地。

枇杷圖

「大目仔不死甜、卡有味。」他總是這樣說。

最近，又有幾個村農接枝大陸種的枇杷，一顆就有一個拳頭大、山梨大小的變種枇杷，一看就是賣相佳。自然也得多噴農藥照護。這幾年，爸爸就如那些老欉枇杷，頑固地不想改變、一味崢嶸往上長。常看他固執沉默的背影，在暮色園裡襯得昏黃。這幾年大阿姨與其他老客戶也陸續打電話跟他抱怨，寄去的枇杷有蟲咬洞、又小、時而酸澀，不如市面上賣得好吃。

「天然果子哪有不酸沒蟲的？」即便爸爸強調那些都是有機的，客戶們還是覺得寄去的枇杷比較容易壞，又不能冰太久，三天兩頭要吃完很麻煩。

爸爸當然知道市面上那些改良的水果為何不會壞，不但沒有蟲咬還甜味一致，「現在的蘋果放半年也是那樣。」他攤著年輕時跟阿公下田種鳳梨噴農藥、雙手點點的藥斑告訴我：土地跟水果都有個性，逆天，下場就是這樣。

去年，爸爸為了改善枇杷的果酸，還特地跑去買兩盒土雞蛋，跟隔壁牧場要打掉的牛乳壞奶，興致勃勃地用個大桶子說要幫枇杷加菜下肥。我捏著鼻子攪著一大桶發酵的臭奶，過年時期，正當大家喜洋洋貼春聯時，前後兩園的枇杷不時飄出惡臭，一度惹來村長抱怨，爸爸卻甘之如飴，認為這是最天然有效的肥料。

枇杷是變甜了，但腰圍沒多大進步，體格還是輸那些改良接枝的大陸種。

爸爸的話愈來愈少，菸抽得愈來愈凶，於是學廣告開始喝起海尼根。拜土地公時，不忘帶著六合彩，簿子上頭，密密麻麻地寫滿神祕數字。

我當然也拜土地，除了祈禱雙親身體好、枇杷收成好，過年祕密在枇杷園插香，希望這些年紀大的老欉們可以爭氣，結出豐盛果實。我也希望幫母親畫的枇杷花以及包裝，可以在賣枇杷外，多些盈餘，彌補收成不足。

邁克・帕爾瑪（Michael Palmer）有首枇杷詩：

我現在開始注意自己標點的用法，一筆完成圓圈先生。
把畫布從牆上撕下，跟她一起，同時感受同樣的想法，把它們刻
寫在枇杷葉上。

「誒，跟妳說，妳插香有靈驗耶！」母親在電話那頭小聲說：「今年不知安怎有一個董事長看到枇杷花加包裝，一次訂一百斤。」

「真的假的？」我幾乎跳起來。

「他說有機枇杷花茶，顧氣管，送禮特殊，」母親又叨念：「夠！但妳畫的圖，實在夠醜！」

「妳有跟阿爸講，枇杷園的香是我插的，沒人下蠱嗎？」我小聲問。

「沒耶，」母親笑道：「園裡放一個祕密讓他去猜比較好，比較不會老人痴呆！」

不知為何，聽到電話那頭的母親這樣說，我鼻子一酸，心頭竟暖暖的。

輯二

遊觀

菇帖

木柵夏日總有一股霉味。墨色天空吞吐含糊不清的霧氣，悶雷陣陣，水幕降下，彼時路上行人蒸騰如溪港跳魚，四顧飛奔。漫漫雨季帶來潮濕氣候，連綿不絕的雨，讓心情怎樣也無法烘乾。

此時的北城，確實是一座水城。

彼時，我便化身為偏愛梅雨的「讀菇士」，當雷公收腳，雨幕暫歇，斜撐著傘，逆向穿行，慢渡淺水雲影，怡然自得朝積窪叢草、密林深處行去。

雨季是拜訪真菌王國的好時機，這些傘兵平日隱身野外，只聽雷聲召喚才浮出地表。破土而出的它們帶著鋼盔，英姿勃發地單腳站立。我以步丈量，悠然往來於這些黃的、紅的，圓的、扁的，單生或叢生，凹下、凸起，各種新探出頭的地表部隊。它們姿態各異，隨雨腳移動，書寫狂草體，各自長成一幅幅飛白雨中的自敘帖，別具一格。

如復活節覓彩蛋，尋菇，每每讓人充滿驚喜。

這還是能吃的帖。

據說理想養生食材的排序是吃四條腿的，不如吃兩條腿的；吃兩條腿的，不如吃沒有腿的；吃沒有腿的，不如吃一條腿的。這一條腿，指的就是不含什麼脂肪，蛋白質、胺基酸多的菌菇。

烹煮這幅立體雨帖，需行家。據傳國畫大師張大千是位美食家，每走一處必吃一處，更以烹調為藝。他曾自豪說：「以藝事而論，我善烹調，更在畫藝之上。」二〇〇一年，張大千親筆撰寫的食譜《大千居士學廚》在台北舉行義賣，最終以新台幣一千零九十萬元拍出，堪稱世界最貴的食譜。

這套食譜究竟貴在哪兒呢？

原來大千居士去敦煌畫壁畫三年，漫漫戈壁，荒地中只能就地取材，研發新菜。菜式中西合併：包括羊肉湯、糖醋牛排、三鮮蘑菇、佛腳冰淇淋等。冰取自佛像腳下，故稱佛腳冰淇淋；蘑菇則是從千佛洞四周的野草叢中採摘而來的野味。據說大千居士非常寶貝這些菇的密徑，一九四三年五月，當他結束漫長習畫歷程，離開敦煌前，他將此份野菇地圖贈與後來任敦煌藝術所長的常書鴻，這份地圖詳細描繪白楊林七月出菇、採摘時間和路線。

見此新聞，我一時失聲驚嘆，只有老饕才會詳細記錄野菇出土與行徑。大千居士記錄的可是楊樹菇，俗稱美味的野松茸？想必此圖應是祕密畫樹為記，凡出菇處，就是野菌寄生之樹。

木柵也有野生柳松茸，長在小坑溪與指南宮的千階梯附近。求學時，我觀察去年發菇之樹，雨季一來，相同地點便如倩女還魂，一群群雨中傘兵如春筍破殼，爭相冒頭重生。

如此，老饕們不妨手繪一本〈菇帖〉，祕不示人。

顧名思義，〈菇帖〉即〈菇饕〉。這份野菇地圖，見證我多年吃菇紀錄。唯老饕才會私下調查各類野菇合宜的烹煮方式，不厭其煩地記錄烹調方式。我如狗仔探聽老一輩料理野菇方式，於是〈菇帖〉應如女巫食譜，標記配方。

想及童年，母親特別珍惜雨季來臨時，山上倒塌白蟻穴上長出的雞肉絲菇，她會主動上山採菇。此菇又名「蟻茸」，老一輩因食之如雞肉美味，故稱「雞肉絲菇」。此菇風味絕佳，平日松鼠、昆蟲啃咬。台灣有十一種白蟻，只有姬白蟻與雞㙡共生，此菇從蟻巢長出，烹煮猶帶蜂香，人工至今無法培育，故有「福爾摩沙第一菇」的美譽。

猶記母親採摘總愛叮嚀，雞肉絲菇得用手一點點抽絲，菌肉撕開，嘗起來才滑嫩，母親愛用陶鍋燉煮，善待每份野味。幸運的是，木柵連綿不斷的雨，倒長出一片地底白蟻莊園，我細細標記指南山麓雞㙡出處，年年尋菇。

鍾情採菇者，多見老饕。我認識的採菇高手都在民間，臉書還有個「蕈哥菇妹園地」，算來大夥有志一同，見菇欣喜，往往上傳菇照，徵求高手指點，看客莫不摩拳擦掌，躍躍欲試。味蕾嘗鮮，講究「食驗」。不信？《本草綱目》載：「雞㙡出雲南，生沙地間，丁蕈也。

土人采烘寄遠，以充方物。」讀之令人興高采烈，於是畢業後我拉著N，執意要在雨季去雲南避暑，享用野蕈。

一到雲南，發覺此地堪稱吃菇王國，雞㙡假根長三十公分，若在台灣會淺短十公分，但島嶼之菇，野味稍濃。雲南油炸雞㙡，保存菌香，而我愛的作法是略放些薑絲，或當歸燉煮煲湯、起鍋下鹽、放枸杞，養生護眼。味蕾真空，熟悉的味道，於混沌中比對，借菇還魂，相識如初見。

當內斂與外求同步，許多平凡事物閃耀如星辰，尋菇與人生相似，總在驀然回首，不意得之。

道地的野菇嘗之有森雨清香，土味盡除。

觀察指南山麓的雞㙡總在打雷後冒出地表，梅雨到來時，相思林會陸續長出五六朵巴掌大雞㙡，兩、三朵便可煮湯；若隔日再去，此菇便被白蟻幼蟲食盡。還有一種食之近雞肉的菇，慣長在鳳凰木附近，俗稱「雞腿蘑」，學名毛頭鬼傘。此菇有鬼傘之名，是菌傘未開前，形狀如挺立的冷凍白雞腿，這時得趁鮮拔除與薑絲、蝦仁清炒。倘若多等一日，此菇便如間諜受俘般自殘，自毀容貌，菌傘自溶，觸目驚心的黑墨沿著蒼白傘蓋滴落。乍見此景，令人心驚，如鬼娃新娘溶妝掉粉，黑眼淚沿臉龐斑駁，令人毛骨悚然。

或許，該為校園常見的一些外型頗為可怖，卻有奇效的野菇辯駁。正如毛頭鬼傘未開前是美味野菌，校園假山水石下也藏有剛出爐、略帶褐色焦痕的咖啡泡芙。這些膨脹如蛋塔大小的迷你氣球，只要輕輕用樹枝戳刺，就如煙囪般冒出滾滾黑煙，瞬間小型核爆，這不熱的氣球噴出大量壯觀煤炭孢子，讓周圍草地染灰。若女巫登場，包管此黑霧可做最佳特效。一開始，我也誤認這土泡芙是毒菇，後來才知其芳名叫「彩色豆馬勃」，英文 puffball，較傳神表達此菇芳容。

那，為何中文名叫「馬勃」呢？

原來馬勃是人名。古代名醫馬勃初遇此菇，見它噴大量灰煙，稱之灰包，後來受傷，發現黑粉貼傷口可迅速痊癒，外擦止血，內服可治咽喉腫痛。消息一傳開，當地受傷居民凡流血不止就找馬勃，時間一久，灰包變馬勃，奇菇芳名不脛而走。

國外野菇圖鑑則云，馬勃未噴孢前可食用，更見台灣友人去越南大啖泡芙球菇（puffball mushrooms），據說食之如鹹鴨蛋黃，咀嚼尾韻似海膽，甜鮮誘人。泡芙球菇入水與少許鹽巴、新鮮薄荷葉同煮，濃香四散。

雖然古籍今書歷歷在案，我卻不敢貿然食用馬勃。雖然常帶圖鑑比對，也上網看不少料理方式，食菌如嘗河豚，以身試毒，總得謹慎。特別台灣野菇具多樣性，氣候造就我們的菇類單位面積的品種與密度是日本四倍，印度的十一倍。據調查，台灣每一百種野菇裡，就有二到四十種屬於尚未發現的新種，國內外圖鑑都難以追趕這雨中奇兵出土的速度，算來真菌界潛力無窮，是一片待拓荒的處女地。

正因台北水城多雨，野菇兵士眾多，在此寶地當讀菇士，經年累月，可培養一雙識菇之眼。只是辨識功力沒練好，便會差之毫釐，失之千里。這時得說說野菇祕密。菌類之所以五花八門，變化萬端，主要靠屍體營生，若無野菌分解轉化，地球就變成大型停屍場。不妨想像一下菇的前世今生，萬物溫柔解放肉體，靈魂鬆軟出竅，變成單腳站立的模樣。圓潤菌傘模仿頭蓋骨，層層菌褶記錄生前疊加心事，喜怒哀樂化為孢子噴放，空中流浪，尋找下一個宿主。

雨中尋菇，得如荒草辨識石碑文般小心翼翼，野菇出土處，我屢屢以神話命名。比如海神三叉戟是三棵共生交叉的榕樹，其下常出金毛鱗傘，如滴露油亮；宙斯之鎚是耳匙集中營，那裡松果常落，落果生出掏耳用的耳匙菌，細小精緻；黑板廢墟是頹倒多時的樹輪，常冒野生木耳，我曾見原住民將山木耳與火龍果花苞，炮以薑絲蒜末，加點醬油爆炒，風味一絕。山木耳有嚼勁，不似養殖木耳，柔軟黏膩。木耳、側耳，顧名思義，這類菇之外形皆如耳，它們是樹木拉長的耳朵，打探過路消息。

遊目四顧，映入眼簾的任一塊尖狀物微凸物，都足以令人視覺神經緊繃。讀菇士眼如雷達，凝神觀色。瞬間，飛身滑坡採了一朵粉紅菇，我激動地告訴身旁友人，這是紅菇，沒想到落葉堆也長。

我小心觀察竹林長出的黃裙竹蓀，外觀與食用的長裙竹蓀相似，差別只在菌裙為黃色，帶有毒性，不可食。可惜民眾對菇的認識只見市場或餐桌，造成台灣雖是野生菌王國，每當雨季開展，民眾往往聞菇色變，凡路邊不可辨識野菇，都被稱為毒菇。為此，不禁讓人暗暗為這些野菇叫屈。民眾不知的是，人工培育的竹蓀也略有小毒，市售竹蓀是半菇，只保留菌柄、菌裙，至於不可食的頭部與菌托，菇農早已去除。也難怪民眾有恐懼心理，毒菇與美味之菇，多半型態相近。

為此，不禁令人想分享北城賞菇、採菇之要，一如中醫「望聞問切」之術。

先從望的角度來談，光從菌蓋賞之，台灣野菇有扇形、中凸形、漏斗形、馬蹄形、珊瑚形、吊鐘形等形態，說菇會長牙齒，穿裙、穿鞋，旁人盡皆不信；但說起齒狀的猴頭菇，穿網紗的竹蓀，或草菇這類穿鞋的餐桌嬌客，大夥都有印象。

採菇前，建議手邊有本張東柱的《野菇圖鑑》，該書收錄台灣野地最常見的四百種菇類，若無法判斷，可上傳清晰菇照，網上厲害老手，如蕈哥菇妹園地，通常半日不到，便會有人告知菇的芳名。一次，我見樟樹下長著半凹清香的黃菇，喜孜孜地以為是雞油菌，欣喜若狂。

再看菌蓋呈現扁半球形，兩側平展，邊緣平滑，聞之有甜味，令人起疑。回頭細查圖鑑，才知這不起眼的黃菇是「大孢黏滑菇」，具神經毒素，誤食能使人發笑至生命瀕危，正是大名鼎鼎，武俠小說中最常寫的笑菇。

至此方知小說非虛構，遇笑菇，可喜可憂，那是與小說邂逅的奇緣。

若以毒菇來說，其特色多半顏色鮮豔，菌面厚實板硬，菌稈有菌輪，下部有菌托包腳。草菇雖穿鞋有菌托，顏色平淡，可見憑外相無法定菇。毒菇採摘撕開，分泌物多半稠濃，易變色；食用菇則清亮如水，不易變色。由望進入聞，毒菇有辛辣、酸澀、惡腥等怪味，食用菇多有腐土色澤伴香氣。

如何為野菇把脈，判斷毒性？「切」的工夫實不可少，建議尋菇可隨身攜帶蔥白，只要在菌蓋擦一下，蔥白變青褐則有毒，反之無毒。

這招實惠，入林拾菌也方便。烹煮時，大蒜有奇效，毒菇煮熟，遇蒜丁會變藍色。

識菇之道，不論表相、本相、假相，無一不是實相，這些真菌透露林相與氣候的重要線索。我真心推薦，指南山麓千階梯旁常見的野木耳、雞㙡、紅菇，還有小坑溪偶爾冒頭的楊樹菇，確實美味；我也承認，要鼓起勇氣料理野生馬勃，還得克服心理障礙。但在一票蕈哥菇妹建議下，我最終還是鼓起勇氣，麻油清炒馬勃，細嘗後，發現這滋味比起雞蛋豆腐，毫不遜色。大千居士土法煉鋼，一一食驗，可今人便利，只消動動手指拍拍照，網路無國界，千里一菇牽。每當雨季漫漫，我欣喜手上這本〈菇帖〉，隨著雨中傘兵的數量與網上登陸的種類，逐漸增長。

Ishtar 2020.4
柱狀田頭菇

天眼偈

N，你堅持要我看吳明益的《蝶道》，關於一個天生色弱，卻執拗於拍攝、追蹤蝴蝶身影的美麗傳奇。你用精緻的日本紙，小心翼翼地將這本書包裝如蝶蛹，輕輕地遞送到我手裡。你說他的蝴蝶都很立體，以一個業餘畫家來說，是講究細節的工筆素描，比某些圖鑑更專業。我相信，翻開《蝶道》，可知他的心靈敏感，所以才看到不一樣的蝴蝶。在〈趁著有光〉那篇，他談自己色弱缺陷，及林布蘭的畫如何透過眼睛捕捉光影，我讀到他寫下：「世界不僅決定於感官，也取決於心靈。」

在下卷〈言說八千尺〉中，他甚至浪漫地想學昆蟲的語言。黑翅膀的飛魚曾告訴達悟族人何時捕魚，山裡的繡眼畫眉曾告訴泰雅族人打獵是否順遂，他問自己：「八仙山的蝶告訴你什麼？」

N，你可知道，有時為了要看見這個世界，我們都得先看不見，才能好好聆聽存在說什麼嗎？

在你跟我分享這位自然寫作者對大地詩意的關懷後，我也想跟你分享我在一些冷僻佛典發現的祕密。翻開《高僧傳》，你會看見許多眼醒在那裡，輕輕朝你眨著，那是六神通之一的特異奇能，傳說中的天眼。

聽說擁有天眼，可以看見過去未來，洞燭機先，那是無所不知的，先知的眼。如高僧竺僧朗，在路上走著走著，就可看見同行有人衣物在寺中被偷的情形；又如佛圖澄，不但看得到百里外的幽州火災，提前作法祈雨滅火，連弟子去買香，被暴徒搶劫幾乎垂死，他也可燒香施法救護。《高僧傳》中，他是使用天眼通次數最頻繁的，多達十五次。可是，沒人知道他是如何看見，傳中只記載他：「以麻油雜胭脂塗掌，千里外事皆徹見掌中，如對面焉。」究竟麻油與胭脂調配比例多少、塗在哪隻手掌、怎麼塗、塗多少，才能讓千里事如在目前？經典沒記錄，倒是記錄了一件事，書上描述他的身體奇異：

左乳傍先有一孔，圍四五寸，通徹腹內，有時腸從中出，或以絮塞孔，夜欲讀書，輒拔絮則一室洞明，又齋日輒至水邊，引腸洗之，還復內中。

畫面挺生動，不是嗎？彷彿夜間可以看到一個僧侶點著蠟燭夜讀，起身，拔出左胸前的棉絮，拉一段腸子如燈管，把書房照得亮燦燦地，信步走至河岸，拉一段腸子出來淘洗，把國家大事、種族紛爭的盤盤委屈拖出，翻來覆去、一遍又一遍地洗滌，直到大地蒼生血淚都清洗乾淨為止。

我姑且推測，這位天眼通的高僧，本身是有殘疾的，只是經典美化了。也許人身有些異常的小缺陷，才可將世局看透？就在我幾乎要將這類高僧劃入奇詭、不可理解之非常人時，一段文字卻悠悠地飄入眼簾，伴隨一個詩人枯瘦的身影。那是史上赫赫有名的文才子李商隱，《宋高僧傳》寫道：

義山苦眼疾，慮嬰昏瞽，遙望禪宮冥禱乞願，玄明旦寄〈天眼偈〉三章，讀終疾癒。迨乎義山臥病，語僧錄、僧徹曰：某志願削染為玄弟子。

義山就是李商隱，不知他的眼疾究竟是白內障或是青光眼？或是對這仕宦不遇的坎坷境遇絕望冷眼？不知高僧知玄所寫的〈天眼偈〉三章究竟是何物（也許比詩更神祕），不然為何對李商隱有這樣大的安撫力量，可以讓他「讀終疾癒」？總之，這段文字讓人感到好奇。

於是我開始翻查知玄這個高僧的資料。原來這個高僧小時是神童，五歲祖父要他作詩，他沒走幾步就說：「花開滿樹紅，花落萬枝空，唯餘一朵在，明日定隨風。」若不是因緣成熟，七歲決意出家，文壇是否又多一才子？又或者李商隱成為其弟子，跟隨他出家呢？是否又多一高僧？彷彿看見分身倒影，知玄與李商隱的臉互映著，花謝花開。

朋友總是這樣的，眼裡總是你倒映我，我倒映你，沒有相似的質地不會共鳴。但在彼此的倒影中，又如兩個世界，相即又相離。繁華謝落的他，走入空寂的他。這樣的朋友，是隻言片語可以安神定魄，是可以讀其字不藥而癒，默契於心而為依託。

如果知玄不出家，或許他會以才子形象為世界所記憶，如同現在被記得的李商隱。

但我寧願，寧願知玄早入空門。畢竟，不只晚年的李商隱等他，還有一條百年大魚也在等呢！聽說知玄化緣路過雍氏人家，雍家有個枕潭，潭中有大魚如龍，四足、齒牙纖利。雍家把這條奇特的大魚當作寵物，每天餵食，一餵就四個世代。

雍家人來來去去、生生死死，這條詭異的魚卻活著，愈長愈大。

偶爾，雍家人還是忍不住想撈起這寶貝，看看牠究竟長多大了？每次才剛起網釣之意，雲霧就飄來，潭面變得晦冥不清。一直等到知玄經過，他化緣後，輕輕地撐船渡潭，大魚一看到他，瞪目鼓躍。（也許情景就像海豚跳出海面，快樂翻轉？）知玄看到牠跳出潭面，也不划了，索性將船槳扣著船舷，有規律地唱誦，大魚緩緩游近，知玄摸著牠的頭。不多久，雍家人夢見大魚變成龍托夢，說牠受皈依已升天，不會再回來了！

也許這題材拍成《高僧知玄的奇幻漂流》也不賴？

開玩笑的，但《高僧傳》中，龍登場次數真的不多，反而老虎最常出現。牠們會在深山化緣的途中，像隻大貓般，溫和馴服地護衛僧人行走，或在山洞中與僧人們一同禪坐。

N，你知道為何高僧或修行人容易得天眼通嗎？我也是經過田調南傳寺廟許久，才知道這個祕密。每當僧人們靜坐、閉目凝神，後腦枕骨中間，連結左腦與右腦處有個松果體就會啟動。漢傳佛典大多記載這類僧人達到修煉後全息全知的神奇故事，然而南傳佛教則較少記錄故事，藉由口傳保留嚴格的教戒與修煉方法，他們稱這種靜坐轉化人體的方法為內觀（Vipassana）。

在古巴利文中，「瑜伽行者」最早並不是指體位上修練姿勢的那種瑜伽，而是每時每刻覺知到自己的「內觀」。古印度對「佛」的定義是：

「去除貪、嗔、痴、愛的種種不淨雜染，時刻安住於光中之人。」

N，當我踏查南傳寺院時，葛印卡說：「全世界都睡著了，只有瑜伽修行者清醒著行走。」原來僧人們閉目凝神，為了更好更深地看入自己內在，觀身內身，也觀身外身。透過內觀法向內覺察、感受自己的光，進而達到自性清明、純粹之路。這是覺察者之途，覺察者，是那些擁有力量和能力從內在看見的人，由心巧妙地引導。

但內觀要勤修到什麼程度呢？說來不可思議。那些僧人也是凡人，也要面對生命的疾病痛苦與死亡。但在死亡中，他們依然清醒地觀看，以致於死亡來時，他們能安詳地走。因為那刻，他也會如實冷靜地觀察痛苦，在其中靜定、不起一絲煩惱。是以高僧死亡前多半知道自己的死亡日期，死亡時也是在靜坐中平靜而逝，火化，則多有舍利子的記載。

N，能被歷史記憶書寫的人物總是有限的。我喜歡李商隱幽微的情感，生命獨特的印記，也喜歡知玄這類出神入化的高人，在歷史上他們彷彿活在另一個空間裡，傳奇的物事超乎常人理解太多。當詩人遇上高僧，聖與俗兩個世界互相照面。李商隱有神祕的靈感，知玄則有著詩人敏感的質地。這種邂逅真令人著迷，特別是死生之際，他成為他的寄託，兩人靈魂如此相似，境遇卻又如此不同。

想起王國維的〈浣溪沙〉：「偶開天眼覷紅塵，可憐身是眼中人。」天眼所見，是眾生之苦，是流連於浮世顛沛流離、生老病死的大夢，N，我想你應該也猜得到，為何知玄親自寫給李商隱的〈天眼偈〉沒有流傳下來？正如猶太法典（Talmue）所說：「我們並不按照事情的本質去看事情，而是按照我們自己的本質去看事情。」

那偈，原不是寫給眼看的，而是心。

不然，我們怎麼理解李商隱在有眼疾的情況下，還能讀清楚、繼而痊癒這種事呢？

掩卷之際，我彷彿聽見高僧知玄慢慢吟道：「花開滿樹紅，花落萬枝空，唯餘一朵在，明日定隨風。」那刻，知玄世界裡，花開滿枝，又隨風緩緩飄落，漸行漸遠了；另一邊則是李商隱的世界，一枝獨秀的花朵還執拗地不肯輕易謝落，孤伶伶地像個問號懸在那裡，懸在人生痴迷的種種事物裡，絕美姿態，凝成美麗詩篇。

N，翻動書頁的那刻，竟錯覺他們的臉、我的眼，瞬間疊印，相即又相離。

佛光石

一塊石頭，使流水說出話來。——白倫敦

N，我一直思考上次我們討論的事情，關於現象能不能表達真理這件事。

你也知道談到現象有很複雜的哲學脈絡，比如海德格（Martin Heidegger）修正胡塞爾（Edmund Husserl）的現象學，他認為現象學是：「讓那顯示自身者，正如它顯示自身般被看見。」

繞口？我想也是。

你說你不懂哲學，卻對我送你的那塊偶爾會發光的石頭有興趣。「到底是什麼原因讓它發光呢？」你翻來覆去看著。

當時我顧著跟你討論胡塞爾與海德格的哲學不同處，卻忘了告訴你，那石叫「拉長石」，學名是Labradorite，鈣鈉斜長石，簡稱斜長石，因它要斜側一個角度，才會露出平行的雙晶結構面，那時會有燦爛發光的變彩現象。可這其實是一種錯覺，是特殊的光學效應，偏離這個方向，拉長石就難以觀察到變彩，只是一塊普通的黑石頭。

N，這種光學效應並不多見，全世界會閃光的長石只有三種：月長石、日長石，以及你手裡握的拉長石。想當然爾，日長石顯現太陽般溫暖金黃的光澤，月長石會閃現如月亮的藍色清輝，所以又叫月光石。它是印度聖石，印度人認為佩戴月光石可以保佑旅途平安，法國插畫家法蘭斯瓦・普拉斯更在《歐赫貝奇幻地誌學》中乾脆虛構一個偏遠的月光王國，專門出產這種在月光下會產生魔幻的寶石。然而，不管月光石或日光石，它們都是正長石，是那種你一看就能呈現光輝的寶石，不像拉長石，需要翻到某一角度才能閃光。

那，拉長石又有什麼特別的呢？

N，雖然月光石與日光石很美，但它們的美是有限制的，一如其名，這兩種長石只能呈現月光的藍或日光的黃。拉長石就不一樣了，它可以閃現彩虹般不同光澤，是以又名「光譜石」。

其實我想說的是，有些事情也要偏個角度才可以看到它如實的樣子，因為，我們並不總是按照事物真實的樣子來認識它。

以拉長石來說吧！一開始我也不知道它的光是如此美。初次邂逅它是在旗津林立的海產店中，一個陳舊的礦石館，門口掛滿蝴蝶展翼而飛的長串貝葉，吸引我走入這家狹窄又擁擠的小店。當時老闆娘正在教其他小朋友做貝殼蠟燭，我拿起水晶裸石尋找彩虹折射的原礦，突然看見一抹藍光在陣陣晶簇後頭閃耀著，拉長石就這樣映入眼簾。

捧在掌中細細端看，坦白說，拉長石外觀並不討喜，論色澤，它不比玫瑰石飽滿，隨意點染就是張大千奔放的山水彩墨；論清透，它不比苔蘚水晶鮮活，隨意舒展就是齊白石的濃淡墨韻。拉長石身子沉甸甸如隕石厚重，灰冷黝黑，身上交錯紋路如小學生在斑駁牆上隨意塗鴉，這裡一塊黑漬、那裡一條細線，還有刪除線條的粗筆畫，處處充滿失敗而不成形的筆觸，它沉默地被擺在平凡無奇的角落，較之店內透明無瑕的其他水晶，如同沙岸一群優雅的白鷺鷥，旁邊棲息著一隻黝黑、短腿而不起眼的小田鷸，在邊緣瑟縮著。

倘若你捧起它輕輕斜側，如水鳥低低掠過湖面的角度，瞬間天光乍現，五彩繽紛的極光便朝你閃耀，之前的黝黑彷彿北極長夜，只為這一瞬炫麗作背景。光影中細細再尋，依稀可見夜空煙花，在那些沉默的黑線條上，浮現奼紫嫣紅，變化不同光澤。這才驚覺，原來黝黑沉重的外表下，是隱含斑斕壯麗的宇宙星圖，平凡的紋理，藏著玉的質地。這分浩瀚的感動，大約同於人們夏夜藍空下仰望流星點點的蒼穹，氣氛如此沉靜神祕。也或許，略帶遠古流傳至今的，個人存在的小小愁傷吧！

N，我想告訴你拉長石的故事，似乎要見證存在雄偉的壯麗，任何先知都得經過殘酷考驗。漫漫歷史長廊中，第一個為它嚎啕而哭的，是楚國的和氏─卞和。

某個耕作的夏日午後，他撬開土，赫然發現這塊黑石擋道，憑農夫直覺，他隨手往外扔，可就在這塊黑石翻轉、如完美的拋物線傾斜墜落前，他不經意地看見五彩斑斕的極光，快快撿了回來，「真是曠世璞玉啊！」彷彿看見流星閃耀，握在掌中的黑石，就像整個天空的縮影。他興高采烈地獻給楚厲王，厲王命玉工檢視，玉工一看，這哪是玉呢？玉非青即白，怎可能隱身於灰黑外表？於是厲玉大怒，命人砍去卞和左腳。

卞和捧著它，一跛一跛地回來，不明白為何好心腸的自己將天上星星摘下送給國君，竟受到地獄般的待遇？玉匠只看表面啊！等厲王死，武王即位，卞和再次將它獻給武王，鑑定的玉工又說是石，於是武王再砍下卞和的右腳……唉，可憐的卞和，他怎知武王跟厲王一樣粗心，沒一個肯磨開石頭，看一看裡面的星空呢！

直到武王死，文王即位，卞和仍不甘心，他想證明這塊黑石是天地的縮影。可是，他已經沒有腳可去京城獻玉了，於是他在楚山下抱著黑石哭了三天三夜，哭出了血淚。這哭聲驚天動地，彷彿從宇宙的中心朝四面八方席捲而來，文王聽了差官稟報後，覺得有必要驗證和氏之語，他令玉匠用鑿子把黑石的表層敲掉，果然像和氏所說的那樣，裡面露出了整個燦爛星空。「真是令人難忘的光啊！就像夏夜裡燦爛的藍色星空，閃耀整個世界！」

文王大嘆，這樣的美玉只能作「璧」。

原來古代「璧」有二種用途最為尊貴，一為祭器，用作祭天、祭神、祭山、祭海、祭星、祭河；二為禮器，用於禮天或作身分不同的標誌，禮天須用蒼色，而璧就是平而圓，中心有孔的玉。形圓，象天、蒼如天之色。這便是天子威權的最好象徵。文王命玉匠把玉石雕琢成璧，並給它起了個名字：「和氏璧」，昭示和氏膽識與忠貞。

N，你絕想不到握在你手裡這塊質黑、偶爾閃著虹彩藍光的石頭會和和氏璧有關吧？

拉長石的極品，便是在變幻的虹光中閃現純粹如藍天的色澤，製成璧，正是天賦皇權的最佳象徵。近代考古學家與中國礦物學者研究認為，戰國時期名揚天下、價值連城的「和氏璧」，可能就是寶石級的拉長石。原因在於卞和發現此石的地點楚國荊山，現今湖北南漳縣地質工作者曾在神農架地區發現了拉長石，地貌特徵與古文獻記載相吻合，佐證了和氏璧的礦物成分是拉長石；其次是拉長石達到寶石級者半透明，這種變彩只能在兩組解理面或拋光面上才容易看清楚，在岩石露頭或標本上一般是看不見的，仔細的人可在解理面上見到微弱的變彩。觀察變彩得有兩個條件：一是拉長石琢磨，才可映現光彩，即便琢磨了，也得轉動，才可從特定方位觀察豔麗色彩，這也解釋了為何歷史記載卞和獻玉二次，玉匠無法辨識之謎。

N，不是每個人都願意耐心地轉動表象，發現物的真實。

在卞和之前，一定有不少鋤田人把拉長石當作普通的石頭，看也不看就扔到一邊吧？可卞和不這麼做，他看到那道光了，隱藏在樸拙的外表下，發光的本質。

N，我想拉長石底色如墨黑也是有道理的，這樣才能收納所有的光。當光朝我們照過來時，是白色的，但如果它不是朝我們過來，便是黑的，這也是為何太空一片黑暗的原因。其實光在宇宙中無所不在，甚至充滿所有空間，若我們的眼睛能看見空間裡全部的光，那樣的亮度，會使我們眼盲。

然而，這極光就跟許多稀世珍寶面臨的搶奪一般，和氏璧也將帝國的盛衰興亡寫入歷史裡，讓不少名人受挫。威王時，和氏璧被賜予攻滅越國有功的令尹昭陽，昭陽在設宴招待門客時，取出和氏璧供賓客參觀，賓客起鬨，有人趁亂偷走了擺在桌上的和氏璧，昭陽的門客一口咬定張儀是盜走和氏璧的人，昭陽拷打訊問後才放走張儀，張儀忍著痛，在成為秦相國後為此向楚國展開報復。

和氏璧輾轉為趙國君主趙惠文王所有。秦昭襄王得知和氏璧歸屬趙國王室後，向趙國派遣使者，希望以十五座城市來換取和氏璧，這是成語「價值連城」的由來；爾後藺相如攜和氏璧出使秦國，宴席間扭轉屈辱的歷史，派副手穿上平民服飾，走小路帶和氏璧回到趙國，憑藉在秦朝廷上不卑不亢的表現，平安回來，這又成「完璧歸趙」的由來。

誤會、強權、天下、典故，玉也是慾，考驗忠誠度。

最後秦一統天下，亡了六大諸侯國，建立了中國歷史上第一個中央集權的朝代。作為秦朝國威的象徵，據說和氏璧被雕琢成傳國璽，並由玉工孫壽刻上丞相李斯寫的八個蟲鳥篆字，《漢舊儀》所載，璽文為「受命於天，既壽永昌」，自此，和氏璧成了皇帝寶印和天授皇權的象徵。

之後的和氏璧總隨著戰火顛沛流離出現，最有名的傳說是和氏璧可能成為秦始皇的陪葬品，埋於秦皇陵。可後來《漢書》卻記載秦王子嬰受降時交出此璽，漢高祖誅項籍後，將之變成漢傳國璽。

總之這枚玉璽經歷無數腥風血雨、撲朔迷離的失而復得，得而復失。雖然傳國璽的故事從未窮盡，故宮博物院的專家卻認為，其實真正的傳國璽從漢獻帝時就已消失。燦爛一時，這塊帝國極光最終歸於漫漫長夜。

N，你說拉長石會不會看膩了滾滾紅塵，厭倦了名利聲色的追逐遊戲，就跟佛陀一樣，在某個夜晚，這個太子醒悟一切皆空，褪下華麗的皇袍與裝飾，走下寶座，開始試煉的旅程？不然，為何後來的人們又稱它為佛光石？

故事還沒完呢！我總疑心這道極光被曹雪芹招魂，裁去作寶玉的影子。

N，你可記得，《紅樓夢》就是從這塊女媧補天的遺石說起？

別忘了賈寶玉一出生口中含著的通靈寶玉也有八字：「莫失莫忘，仙壽恆昌」。較之和氏璧的璽文：「受命於天，既壽永昌」，兩者相近。通靈寶玉似乎承接仙壽，少了俗氣，多添幾分兒女柔情。

當石頭有了人的靈魂會怎樣呢？賈寶玉悟性非凡，然而玉依然是慾的象徵，只是這次考驗的，是情感忠誠度，試煉從君臣的忠義，變成戀人的痴情磨難。

在《紅樓夢》裡，最初細看這塊寶玉的是寶釵。在她眼中這塊玉是：

「大如雀卵，燦若明霞，瑩潤如酥，五色花紋纏護」，與自己的金鎖箴言：「不離不棄，芳齡永濟」相配，寶玉當時也說：「姊姊這八個字，倒真與我的是一對。」於是金玉良緣就此展開線索，蓋過了前生命定的木石姻緣。是以黛玉那株下凡還淚的絳珠草知道後，隱隱不安。黛玉曾多次冷嘲熱諷地對寶玉說：「你有玉，人家就有金來配你；人家有冷香，你就沒有暖香去配？」又說：「我沒這麼大福禁受，比不得寶姑娘，什麼金什麼玉的，我不過是草木之人。」

乍看之下，黛玉雖無玉來配，其名已是「帶玉」；寶釵雖有金鎖來配，釵也隱含著「拆」之意。她的出現拆散寶黛二人，即便最終成金玉良緣，仍鎖不住寶玉。最終，寶釵只鎖得一門清簡、蕭寂。

N，真相是人們從未真正見過傳說中的和氏璧、通靈寶玉，只能憑著文獻想像它多變的容顏，它們共同的特色在於上頭有著五彩斑斕的色澤，而這顏色只得天上靈氣蘊養而得，非一般凡玉，這玉還通人性，隱約與帝國興替、情的歷史、天地縮影相關。也許，還透著許多委屈。

石頭不說話，它靜靜佇立，見證物換星移。

和氏璧要成為佛光石也是如此吧？就像寶玉最終拋棄了世俗珍視之寶，也拋開了自己所帶的玉，那刻他真正領悟：「傳情入色，自色悟空」的道理。這趟由五色斑爛的目眩神迷，走向多情、執情、最後空情的靈性之旅，是以《石頭記》同時也是《情僧錄》。原來人跟石頭一樣，都須經過一番歷練與琢磨，領悟人間之情才有智慧，這樣斑斕的虹光才顯現豁達、包容萬象的慈悲。

佛光石也如佛陀修道過程，遇到不少坎坷考驗。佛陀不也經歷了帝國最高榮耀，經歷各種慾望考驗，最後修成圓滿正覺？畫像中的他背後光圈閃現不同光譜的恢弘色彩，就像磨亮自身各種角度的拉長石，真正呈現本質：沒有任何人為加諸其上的價值，是一道穿透黑暗的光。

N，你可知這塊石頭還有特殊的療效，專治心傷？因為光譜石具備了人體脈輪的多彩色澤，佩戴可疏通脈輪，能快速照亮情緒陰影，調治任脈，所以又是心理諮商師用來催眠、回溯前世創傷、消泯痛苦回憶的最佳療癒石。也許，穿越前世今生糾葛、放下我執的情愫，這道彩光才能澈然領悟，如出家的寶玉行走在白茫茫的雪地裡，愛恨俱泯。唯有雪，純淨白光相伴。

N，想說給你的那塊拉長石，並不是初次邂逅的那塊。

在夕照絢爛的西灣海岸，我將它贈給多情的學姊。當她說起他，不知名的學長，長跑十年又無疾而終的愛戀，深沉悲傷令她形容枯槁、神色慘淡，如黛玉黯然失色。踩著濤聲，我靜靜聽著她與他的故事，中法混血的她，淡紫眼影如蝶紛飛，美豔側臉在夕照下自成一浪漫剪影，我始終不明白，為何美麗如她竟會在愛情裡受委屈？枯萎如花，一度也想如落花隨風而逝，任記憶片片凋落。

是以我將旗津邂逅的拉長石送給她，那石曾是我的最愛。想起這片極光的療癒傳說及轉化，我祝福美麗的她在黑暗的刻痕後，能看見另一道光。我細細用一汪清水，一碗白瓷涵養，周圍是五盆小巧玲瓏的綠洲植物，以待嫁女兒的心情，訴說這片極光的故事。在熙來攘往的人群中，我帶著她去燒香祈福，託請觀音好好照顧，並對著拉長石許願，期盼她走出失戀陰影。

爾後，學姊說她夢見拉長石帶她飛翔，她將它放在枕畔，出門也放包包裡，每當憂傷不能自已時，不時拿出來看看，「它似乎也懂我的心，顏色愈來愈透亮了！」她說：「看到這片藍色的極光總令我平靜有力量。」後來的兩年裡，學姊終於找到屬於她的幸福，新婚燕爾，為此喬遷之際，我看見新居的客廳新婚照下面就擺著那塊拉長石，她的臉洋溢喜悅、幸福滿房。那時我才知道，原來真正讓拉長石發光的祕密不在於占有，而在於相契相知。

如今，這片極光穿越古今，又來到我身邊。像蝴蝶閃著美妙的藍暈，在手心飛舞。藍光中閃過一張張臉孔，那是固執的卞和、倔強的張儀、聰明的藺相如、貪婪的秦始皇、多情的寶黛、澈悟的佛陀、美麗的學姊，以及你。還記得我們一開始討論的，關於現象學的複雜問題嗎？如何讓現象呈現真理？讓那顯示自身者，如它顯示自身般被看見？對我而言，握在我手中的拉長石已從帝國象徵、傳世之璽的沉重超脫，變成輕巧項鍊，守護靈魂的許諾。它提醒我，真正的愛從來就不是顯而易見的，穿透黑暗的幻象，也許只是換個角度，生命的色彩就會在眼前開展。

那時，就會看到光。

韓食記

「味道是最遠的鄉愁。」瑗總是這樣說。

此際，唇齒猶有荏胡麻油香。每聽瑗說想念家鄉菜，我總以為是泡菜作法不同，許是台式石鍋拌飯、蔘雞湯不道地，難以滿足她味蕾。直到陪她回家一趟，才嘗到她的鄉愁。

甫從金浦機場出關，便見太極龍鼓。瑗說紅、藍、黃三色太極是韓國具有代表性的傳統花紋。頗覺韓式飲食，變化似圖騰，大豆醬、辣

椒醬、泡菜是三位固定班底，每次上菜，歲月釀造的沾醬搭配新鮮時蔬，豐富視覺，滿足肚腹。

從「醬」與「將」諧音，可看見醬為調和百味之首，出菜如用兵。韓諺云：「醬味之變，凶兆也」。出於這原因，釀醬一直是韓國每年最重要的事。古代宮廷設有醬庫媽媽一職管理醬缸，封上禁線，韓語稱금줄，「금」是禁止的意思。禁線上掛布襪狀白色韓紙、曬乾辣椒、松針、木炭等，祈禱更好的醬味。禁線得用秸稈來作，掛禁線是為避邪，鄉村入口常見神木粗幹掛上禁線，也有避邪、淨化意思。神木外，祭祀場所是神聖空間，亦可驅邪。

松針象徵不變的氣節，木炭功能是淨化，與乾辣椒這兩樣東西不僅掛在醬缸外，也放在醬缸內。醃醬要選良辰吉日，一般農曆十月做大醬。韓人深信唯有丙寅、丁卯正月雨水日、立冬日、黃道日，還有三伏日等諸吉神日醃醬，醬才不會生蛆。《大長今》對製醬過程，更有詳細描述。

韓人惜食敬天，從泡菜、製醬及禁線可見端倪。我在瑗祖母家看見月曆清楚標示十二生肖圖，這裡日子過得很傳統，吃食頗講究。景福宮旁博物館，更見君王水刺間以蠟像還原展示，根據導覽的研究民俗學朴小姐所說，水刺間是皇帝御膳處，膳桌稱水刺桌。水刺一詞來自蒙古語，是高麗末期為蒙古駙馬國沿用下來的稱謂。桌上小菜共十二道，每道烹飪和食材不得重複，包括涼拌菜、生菜、烤物、燉菜、醬菜、脫水菜、蝦醬、煎餅、肉片等九種小菜加上蒸蛋、生魚片和烤魚等三種小菜，一般用小碟子盛放。

乍看許多小菜，細窺菜色，卻發現帝王飲食十分簡樸。原來謙恭養生是朝鮮王朝的飲食哲學，即便大王御膳，也僅擺到手臂伸展範圍。盤碟位置考慮便利和營養，醬碟放米飯前面，熱食、新鮮食物放在眼前，便於最先吃到。營養價值高的食物放在筷子容易夾食的右側；吃亦可不吃亦可的食物總放在左邊。庶民家沒有這麼多道，卻也暗藏變化。幾日吃食下來，我發現韓食有一種看似隨意，卻如太極嚴謹的對稱美學，飲膳規律，近乎食療。

先說冷、熱。

冷莫過泡菜、漬物小碟多為冷食。一開始我不習慣餐餐冷盤，細問才知泡菜還分長短期，老泡菜醞釀特殊香氣，嫩泡菜偏重口感爽脆，酸泡菜別於紅辣滋味，熱飯入口，酸濃辣鹹，平分秋色。不同於中式料理，韓人吃飯，配湯同喝，以前我總弄不明白，為何韓筷扁長非圓筒狀？旅食才知扁筷正好，正好抓撕寬大菜梗，正好平夾海苔、正好讓鮮蒿苣裹飯。剪刀上桌，台灣少見，然川燙章魚、五花肉、新鮮蔬菜乃至銅盤烤肉、脆腸，皆須用剪，餐器什物，可見其食材完整上桌特色。

飯亦講究，分紅、白二色，常見紅豆、黑豆泡水共煮，第三次洗米水撈起做大醬湯底，據說這樣使湯濃稠，瑗的上溪外婆如是料理；益山奶奶的大醬湯則是全羅南道，該地為韓國物產豐饒之區，奶奶先將小魚干用果汁機絞碎，拌昆布、白蘿蔔煮為湯底，沸騰時加入新鮮洋蔥與蔥花，最後才放入親釀的陳年老醬，上蓋熄火。

至此，我領悟入味最難，在於火候與食材之序。

即便常見泡菜與大醬，各地作法也不同，小小一鍋大醬湯，竟可調兵遣將。最後喝到的，是瑗母親以當季竹蟹配野蛤，洋蔥、大醬共煨，入口清香，別是甘甜滋味的暖湯。至此，我又悟每餐大醬，隨放入菜色不同，作法各異，十幾日下來竟無一道重複，味蕾疊加變化可至四、五層，香氛濃淡，餘韻無窮。

好醬，經歲月釀造，是一鍋食材的靈魂，畫龍點睛之筆。

更難忘初春野菜與大醬同煮，往往保留根部。益山奶奶家有一畝田，薺菜、艾草、野蒜、菠菜、蘿蔔皆種，韓人惜食，見菜根調味，桔梗根也醃漬入菜，我欣賞桔梗花，卻不知其根與辣椒同醃，食之有牛蒡味；又如蘿蔔，台灣多食根部，在此卻見鄉村涼亭曝曬條條蘿蔔梗，與柿子一同垂掛，占去亭內方圓，星羅棋布，隨風晃蕩。亭外三、五醬缸羅列，瑗的奶奶細細打開，又說了製醬法、木炭除臭等妙方。

我被奶奶的古老釀造之法打動，戴上手套，隨瑗下田採鮮。

冬雪初融，田間往上生發的野菜都如蘿蔔，根莖肥大飽滿。氣候差異，使這些野蔬牢牢附於土中，我費勁以小刀割野艾，一刀下去，瑗的父親馬上過來示範。

「不能只割莖部，得從根俐落下手才行。」他說割艾草若只割莖部，葉子一片片收起來麻煩，但從根部俐落劃下，可以完整保護莖葉子，也較易割。

台灣的艾草可抽枝成樹，除端午避邪外，做草粿、藥皂、沐浴露，其味甚苦，少見入菜；然在高冷地帶，艾草縮小成剛出土野菜，初冒枝葉，軟如鼠麴。以前總聽瑗懷念艾草年糕、艾草湯清香，我腦中浮現台灣成小樹的艾草，訝異艾草澀苦，怎可入菜？直至此際親採野艾，就大醬煨煮，方知馨香撲鼻，一點苦味也無。才知食材與季節搭配，成一方山水之味。

菠菜亦然，韓國菠菜不如台灣高大，見祖母手掌大小即採收，然其甜脆，是在台灣從未嘗過的。記得小時最厭菠菜，總覺澀苦有土味，直至親採，此刻的自己，彷彿才識得菠菜滋味。

想來是高緯乾冷氣候，逼出菜的韌勁與剛柔。

料理也有差異，益山奶奶煮菠菜是滾水先川燙，隨之冷泉浸涼，接著用手揉捻如丸，擠出菜葉水分，灑上芝麻沾醬，保留菜的鮮甜與脆度。至於南瓜煎餅，則是趁南瓜未熟時採摘，吃時嚼有瓜香味，令人印象深刻。

韓人佐料，可分酸、甜、苦、辣、鹹五種。烹調時至少要放入五、六種佐料。除了講究其味，更注重擺盤。「裝飾」又叫點綴或包裝，飲食基於五行說，有紅、綠、黃、白、黑，五色配置。沾醬長時醞釀，而配菜如此新鮮。醬菜間呈現一種無言對稱之美。一餐下來，常見三、四道菜配不同醬。初見許多醬碟，我興奮不已地將青椒醬配海苔捲飯，瑗的母親露出詫異表情，經瑗解說，原來母親意思是海苔鹹，配青椒醬更鹹，醬菜不相稱。我不聽勸，急著實驗，一入口，果然鹹了。

沾醬哲學繁複，肉菜得不同調味，而菠菜、野蒜入湯外，另一種吃法是洗淨生菜，沾醬就口直接吃，白菜切後亦如是吃法。

如是可再說生、熟，配色之美。

韓食除生菜外，常見海鮮入菜，新鮮魷魚、小生蝦切碎，以辣椒、鹽直接醃漬，蛤貝類如台灣俗稱的海瓜子亦然，留給時光發酵。一餐下來，桌上有生萵苣、生白菜可包飯或沾甜辣醬吃，亦有川燙撈起，略加芝麻的脆菠菜，配上烤好五花肉，冷泡菜，熱湯配黑豆飯，五色各陳，生熟冷熱如太極兩儀，另有堅硬的橡實種子打碎做成凍狀，配上醬汁，入口鮮嫩，隨菜色佐醬變化，味蕾組合多重層次，口感難忘。

自見識到瑗家伯母一手烤五花肉，一手用新鮮萵苣包肉的豪爽，加上親製辣椒醬、大醬，入口肥而不膩，鮮甜酥脆，濃淡合宜。我也放下矜持，學著手撕菜葉捲肉，一口一葉，囫圇吞入，唇際滿是辣味，齒頰嚼之有聲。

益山奶奶的境界更上層樓，烤肉外，奶奶端出醃漬生蛤蜊，配上辣椒醃的生魷魚，宛如豔紅臘梅與初雪白潔，分陳二色。我體驗白鹹紅辣的難忘滋味，肚腹正滿，一眼瞥見天青瓷般細緻小碟，浮上澄黃麥浪之油，靜候一旁。

「自家釀的荏胡麻油。」瑗邊說，邊用銀筷示範，以肉漂染。

烤肉已嫌油膩，何必沾油，多此一舉？我一時大惑不解。入境隨俗，只得用萵苣包裹，輕蘸一抹金色夕陽，與肉共食。未料油一入口，清新如夏日蘭草幽香，鼻腔久迴不散。我閉目品賞，奶奶見此，又拿出浸漬多時的荏胡麻葉，此葉久經醞釀，翠綠褪至墨褐。我迫不及待裹上熱騰米飯，入口感受先冷後熱，先鹹後辛，濃馥草香轉為甘味。一小片葉子，竟能入口呈現三段風味，香韻不絕。

「奶奶擅洪魚，」瑗說，「奶奶說可惜現在缺這菜，那是全羅南道特殊料理，讓魚發酵，有點臭，其他地方吃不到。」經她解釋，才知洪魚是靠海的全羅南道特產。北道與南道地理上相近，不管南北，全羅道人喜吃洪魚。洪魚不是平常吃的家常菜，只有節日與特別日子吃。

原來奶奶把自己當貴客招待，盛情難卻。

我難忘這些生鮮醃漬的美食，特別是荏胡麻油一縷幽香。歸來細察，原來荏胡麻（들깨）和紫蘇都是唇形科紫蘇屬，一年生草本植物，別名青紫蘇。據說食之補鈣，韓人用此製泡菜，常用種籽榨油。荏胡麻非芝麻，應說是青紫蘇油為佳。此油芳香撲鼻，風味卓絕，日人製為燈油，作為神道儀式之用。只是韓國青紫蘇為變種，葉片較日本大圓平坦，鋸齒細密。關於들깨，瑗說前一陣子，在食品分類相關的國際會議上，韓國與日本之間也有爭論。日本人認들깨屬於紫蘇屬，韓國人認들깨只屬於荏胡麻屬。

吃過紫蘇之人，皆知其氣味濃烈，如俠女愛恨分明，無法多食；相較之下，荏胡麻倒像大家閨秀，明快大方，少了刺鼻辛味，多添蘭草幽香。此番行旅，屢見海鮮直接醃漬，正疑惑歲月洗禮，幾番生食，怎可無事？回想紫蘇在中藥有芳香辟穢、辛溫散寒，治魚蟹引起的吐瀉腹痛，方知荏胡麻解肉毒，芳氣配食療，相得益彰，堪稱美味。

歸國數日，由於難忘兩位祖母的韭菜煎餅、黑芝麻年糕、醃明太子，還有各種變化的大醬湯、自釀柚子茶、濟州島的特殊橘子。我甚至懊惱自己忘了在行囊中偷渡一罐荏胡麻油回來，那怕小小一瓶也好。

滴水見汪洋，此行由料理進而耕種，赫然發現瑗的兩位老祖母都駝背，繁重農務讓她們守一畝田、背一座山，一生隨炊煙飄入菜色，皺紋隨歲月加深，變成烙在身上的溝渠。當汗水與春雨交融，辛勞的她們在乾冷氣候中敬天憫物，泡菜製醬，知足惜福。吃進祖母的手澤芬芳，記住她們道地的歲月滋味，堆滿皺紋的笑，隨黃昏熨染，同桌共食，竟錯覺自己慢慢變老，彷彿也那樣過了大半生。

歸來後，我才發現舌尖泛起濃濃相思，不比瑗的鄉愁少。

味蕾的旋轉舞

奧罕・帕慕克（Orhan Pamuk）認為，伊斯坦堡沒有中心，伊斯坦堡無邊無際。

儘管這位曾患百日咳、得過諾貝爾文學獎的土耳其作家聲稱自己的氣管病是這片海域治好的，在《伊斯坦堡：一座城市的記憶》書中，不斷強調伊斯坦堡的力量來自博斯普魯斯海峽。然而，這片像喉管的海域，對遠道來訪的人來說，仍是陌生。

若從沿岸的山頂咖啡廳往下鳥瞰，海峽金角灣（Golden Horn）形狀確如張開的口咽部，狹長海道上游是食管，出海處是鼻腔，港口是鼻咽，進出的郵輪、汽艇、貨櫃船，是吐納間大小不一的氣息。一艘艘汽輪吞吐著煙霧，一呼、一吸，順著金角灣附近的芬內爾（Fener）和巴拉特（Balat）兩旁黃色咽鼓管，往下通過新城區軟顎，那是拜占庭和鄂圖曼時期的木造房子，沿途教會與清真寺，就像喉管內大大小小的肉凸。

甫從阿布達比轉機至伊斯坦堡，我一出機場就換了Istanbulkart，相當於台北悠遊卡，接著轉乘渡輪，航行於這片藍海。

金角灣上的海中孤島，不妨看做喉管內的扁桃體，其上覆蓋綠油油草坪，該島的兩岸是亞、歐洲兩區，喉室若為夏宮、或多瑪巴切皇宮，這得看從歷史哪端定位，畢竟伊斯坦堡不管左岸或右岸，都曾歷經戰火洗禮。

若論喉管重要的會厭處，大概只有港口艾米諾努（Eminönü）堪匹，這裡匯集大小渡輪，若要前往各地，都可在此搭船。天然的海峽地形與戰略位置，讓此片海峽被稱為咽喉，至於後期所建，連接新城與舊城區的加拉塔橋，上有輕軌電車和汽車行駛，這是海峽口蓋空照圖中微而不顯的刻痕，介在氣管與食道的聲帶，是渺小，不可或缺的一道細痕。

土耳其雖處於歐亞連接處的重要地理位置，卻三面環海、僅有一邊與大陸相鄰。對我而言，地圖上的它比較像蜷縮、浮於唾液海的性感之舌。在這個遙遠又古老的國家，不只歷史上嘗過太多戰爭的火硝味，在各民族爭奪中，這舌頭也嘗盡不少美食、見證各種不同時期的料理。

此時船正緩緩離開，色彩喧鬧、人聲鼎沸，海岸餐廳主打烤魚料理。我很幸運，因教學參訪之故，由拉瑪吒跟哈密特兩位紳士帶團走上情人山，據說這裡是土耳其的後花園，許多作家慕名前來尋找靈感，從山頂俯瞰金角灣，濃濃咖啡香撲鼻而來。邊喝濃郁的土耳其咖啡，邊看著咽喉狀的博斯普魯斯海峽，想到這個民族命運多舛，乃至帕慕克不論散文或小說，只要談到伊斯坦堡，便是一股濃濃呼愁情懷，揮之不去。

或許，這民族的愁悵與感懷，也用咖啡來表達吧？

拉瑪吒說土耳其咖啡濃稠度高居各國咖啡之首，這和多次研磨超細咖啡粉，以及來回沸騰熬煮有關。尤其是咖啡豆，一定要新鮮的，最好不超過三天，愈新鮮味道愈香；上面那層泡沫最重要，古土耳其男子登門提親，女方考驗求婚者煮咖啡技術，煮不出泡沫表示能力不夠，女方不嫁。

土耳其咖啡喝法是原始的，當地並不加糖。入口的第一感覺是黏而濃稠；其次是苦，微帶澀味的苦香，令人印象深刻；沒喝幾口，沙沙咖啡渣便在舌尖打轉，讓人猶疑著是否喝下，聽說連渣一起喝，才算得上是道地的土耳其咖啡。

我抿著唇，隨咖啡喝下渣子，想到波赫士說人們無法用其他的文字來為詩下定義。或許，我們也無法為咖啡下定義？特別是土耳其咖啡，其味道讓任何描述相形見絀。或許，飽經征戰的民族早已洞見祕密：難以形容的味道，就交給命運吧！

喝完咖啡後，拉瑪吒神祕兮兮靠過來，他拿起每個人的杯底細細端詳，說起咖啡占卜看杯底咖啡渣形狀來決定運勢好壞。他一邊看，一邊解釋杯底出現圓圈，是有好的事情，出現直線，表示順利；出現三角形，多半指娛樂、傳播有關的好事；空白矩形，則有意外之財；出現鳥或飛禽之類的東西，則有意外驚喜；四隻腳的動物或樹木，代表工作升遷、考試順利。

「那我呢?」我指指杯底一個大寫的英文字母Y。

「表示近期會有愛慕者出現。」他朝我眨眨眼,曖昧一笑。

由於這位比較神學的教授太幽默,以致於大部分時間我僅能微笑點頭。參訪中,拉瑪吒不但隨興摘下沿途白桑椹給同行的一群異地訪客,看我吃得津津有味,竟索性爬上樹大力搖,落下一陣陣雪白桑椹雨後,還摘下鄰家不少酸櫻桃,人人有份、強迫中獎,惹得同行驚呼連連。

土耳其的物資豐饒,水果便宜。櫻桃一斤才三塊(約台幣十二塊),草莓是台灣三倍大,厚實香甜又便宜。暮春時節,每家餐館早餐都供有橙黃杏桃,不論大小城市都有趴雜兒(**Pazar**),**Pazar** 也有星期日之意,這是固定時間會出現的市集,販售各地新鮮蔬果,令人目不暇給。

原以為拉瑪吒是因接待異國訪客才如此熱情,幾次與店家、飯館、不同土耳其人接觸後，才發現這是民族性，土耳其人愛開玩笑，樂天好客，舉止活潑。特別是賣冰淇淋的，要從他手中吃一口冰淇淋可不容易，恐怕得上演「看得到拿不到」，被整一番後才可食用。不一會兒，我發覺不只是來台灣賣冰的土耳其人，在他們國家各地賣冰淇淋的皆如此。熱情慷慨的民族性格，在食物交流間，一覽無遺。

然而，真正難忘的土耳其冰淇淋卻不存於路邊小販的表演中，也不在市面上混融不同口味包裝。經哈密特帶領，我在馬朵（MADO）這家店，吃到源自於馬拉旭（Maraş）道地的冰淇淋，MADO是Maraş Dondurma的縮寫，那雪白而樸實的山羊奶味，比土耳其咖啡，更叫人難忘。

初見此冰平淡無奇，十分堅硬：形如白磚，上面只灑些微末狀的綠色開心果，吃時要用刀叉，可謂其貌不揚。但只要吃一口，麻糬般的Q感，濃稠羊奶味揮之不去。

聽說使用的山羊奶是乳中極品，土耳其人視為白金，製冰的亞夏家族在愛爾達勒山有專屬山羊牧場，生長在百里香、風信子草原的山羊，日日飲用純淨山泉，讓此冰風味獨絕。製作過程中，還加了當地特有的 Salep 蘭花根部汁液（類似中國白芨），並混合一種乳白樹膠，使之變濃稠。這熬煮兩小時、經過持續攪拌後冷凍起來的白色冰磚，便是世界上最密實堅韌的冰淇淋。

嗜冰外，這民族更嗜甜。

在土耳其超市中，常可見糖像白米，大包大包擺在最下層的架子賣，蜂蜜與糖的食用量都相當驚人。伊斯坦堡新城區有家 Karaköy Güllüoğlu 是一八二〇年創始的老店，專賣各式各樣甜點，特別是傳統甜點果仁蜜餅（Baklava）。這是用許多層極薄、塗了油的麵皮做成的，類似千層派，每層幾乎是完全浸在糖漿中反覆疊上，重大慶典時少不了，平日在麵包店、咖啡廳甚至餐後甜點也常見其蹤影。這道甜點讓人像極偷摘蜂蜜的棕熊，吃時每咬一口，都要小心濃稠的甜漿順著餅皮滴落，邊嚼邊舔。

飯後甜點最不甜的，印象中大概是米布丁（Sütlaç）。米布丁還分烤與冰鎮兩種。我喜歡冰鎮後的米布丁，略帶焦黃表皮與柔嫩奶香滑入嘴裡，味道爽口，屬於「正常甜」的點心。至於軟糖（Lokum），英文名就叫Turkish Delight，食用後會有微妙的喜悅感，各式各樣的軟糖，都有不同驚喜藏在夾層中。

這個國家崇敬神祕蘇菲教派詩人魯米（Mehmed Rumi），並視之為精神導師毛拉納（Mevlânâ），蘇菲旋轉舞的修行方式便是從魯米開始的。《在春天走進果園》裡，有一首〈浮力〉是這樣寫的：

讚頌就是讚頌一個人

如何順服於虛空。

讚頌太陽就是讚頌你的雙眼
讚頌，海洋。

我們的話語，是一葉小舟
海上的航行繼續著，誰知身在何方？
單單能被海洋托著，就是我們所能擁有的大幸。
這是全然的清醒。

在土耳其，身體不只漂浮於海上，味蕾也漂浮在一場食物與香料的迴旋中，旋轉。不只旋轉烤肉 Döner 沿途飄香，托卡比皇宮外賣栗子的小販、耶尼清真寺附近餐館的燉飯，或聖索菲亞大教堂附近賣的淡菜（Mussel），濃黑大蚌裡包著特殊米飯，灑幾滴檸檬就可食用。

這些香料與肉味混雜的多重味道疊加於味蕾，就連喝起來沙沙的扁豆湯，也與沙沙的咖啡渣，餐前菜後、輪番上陣。於是一趟行程吃下來十幾道烤肉，竟錯覺這些食材香料，彷彿輪迴再生般，似曾相識。

雖然土耳其與中國、法國並稱世界三大菜系，但土耳其菜不像中國菜有太多繁複的作法，中國菜品嘗老失食材原味；法國菜則有許多繁文縟節。土耳其的烤肉是國菜，非常平易近人，每個地區都有以自己城市為名的Kebab，各地作法與吃法也不盡相同。

多吃幾道，便會令人想起蘇菲旋轉舞的定點迴旋。即便這國家以香料、絲綢聞名，配菜與香料搭配卻是常見烤番茄或茄子、或搭配Pide（像漢堡的餅）、捲餅，這些常見的大片捲餅，讓人想起蘇菲舞穿著白色長袍的僧侶，不管牛、羊、雞、魚各式烘烤的香肉如何在舌尖旋轉，兩片餅皮踏著唇齒的節奏，翩然翻飛，嗆鼻洋蔥味、青椒，伴著甜膩烤肉味一同滑進味蕾，入口肉汁滿溢、兩頰飄香。

如果旋轉舞者以白色的長袍象徵死亡，將自我融入真主之愛。土耳其人的確酷嗜三白：麵粉、糖、鹽，各種食材的基調也由此構成。在大量肉味與香料刺激下，還有圓頂清真寺的異域風情中，我敞開獵奇的視角與味蕾。四處嘗鮮固然愜意，但一路吃下來，隱然察覺有些地方不太對勁，一時也說不上來。直到參訪一間宗教小學的Lokantası（類於自助餐），看見桌上將夾竹桃與新鮮葡萄柚並列插在酒杯上，我才恍然大悟，打從心底暗叫不妙：夾竹桃不是含有劇毒嗎？

看到這幕，我再也不肯碰之前顏色鮮豔的調酒了。哈密特見狀，問說怎麼回事？我說夾竹桃有毒，喝下去有事。他笑了笑，指著盤中的百吉餅（Simit），這種沿途每日常吃、有點類似甜甜圈、灑滿芝麻的餅。他饒富興味盯著我說：「那個，妳怎麼敢吃？」

「吃起來順口，有淡淡香味。」我答。

「Simit可是鋪滿密密麻麻的罌粟籽，妳早吃下不少鴉片！」他笑。

我猛然一驚，難怪沿途吃下來，覺得土耳其芝麻不如台灣濃烈，總少了些什麼，原來這味根本不是芝麻！細看那些罌粟籽，果然長長扁扁，較芝麻長，只是顏色相近，被人一路錯認。

「我不吃 Simit 了。」我懊惱，推開盤子。

「那妳也不可以吃黃燉飯。」哈密特笑著，別有用心地盯著我。

「為什麼？」

「因為這是 Saffron，番紅花也有毒。」說完，他哈哈大笑。

哈密特解釋，位於土耳其安納托利亞中部的番紅花城（Safranbolu）是十七世紀番紅花的貿易中心，至今番紅花仍在附近村落種植。因為每一朵紫色番紅花只有三個柱頭，而柱頭必須在日出前完成採摘，一萬五千朵番紅花才能收集到一百公克的雌蕊柱頭，為了避免花朵枯萎，採收後必須乾燥脫水，才能分級出售。番紅花在當時可如黃金般昂貴，雖然價格不菲，好的番紅花香料只要使用極微的分量即可，用多就有毒性。古埃及人是最早使用番紅花的，法老王拿來在淨體儀式時使用；希臘則用來治療失眠和宿醉。

聽他一解釋，我反而鬆了口氣，心想這民族對香料調配，應有所長。

果不其然，回來查資料才發現老普林尼在西元七十七年所寫的《博物志》記載：夾竹桃雖有毒性，若與芸香配酒服用，可治蛇毒。難怪我看到的夾竹桃都插在酒杯上，而番紅花獨特的香味細緻高雅，看似無形，一點點就可令食物變得金黃悅目，帶有甘草甜味，罌粟籽亦有淡香。是以明知有毒，品嘗這些美食時，不得不佩服土耳其人料理的巧思。

土耳其人嗜茶，幾乎飯後都要來杯紅茶，然而令人難忘的不是茶，而是玫瑰。

清真寺除莊嚴庭院設計外，聖人墓大都種植鮮豔玫瑰，在蘇菲教派中，玫瑰是先知的花朵。這裡的玫瑰如繡球花燦放，多瓣盛開，花色繁複。從伊斯坦堡坐八小時的車，一路顛到空亞（Konya），《聖經》記載大洪水過後人間第一塊浮出水面的土地，也是詩人魯米最後長眠之所。

深夜，藍色上弦月，悄悄掛在清真寺的宣禮塔上。

聽說閉上眼融入在神性舞蹈中的人，與神是一體的，蘇菲行者跳舞時，也是閉上雙眼。魯米博物館牆上有一首詩這樣寫道：

來吧！來吧！不管男的女的、老的少的，都來吧！
這裡很空曠，可以坐得下所有人。
來吧！來吧！不管富的窮的、美的醜的，都來吧！
這裡很寬敞，容得下人間的一切。

Konya旋轉舞與雲遊僧
2020.4.24

我為了學術上的宗教參訪，也為了一探蘇菲神祕之舞而來。舉起右手放心上，戴著頭紗，沉醉於旋律中，試著閉上雙眼，身體隨鼓聲晃動。儀式結束後，當地婦女熱情與我臉貼臉，並給我一杯沁涼玫瑰花水，那純正甘甜，略帶澀味的香氛，至今難忘。

於是，我懂得在味蕾的旋轉舞中，慢慢貼近這民族的心跳：從咖啡中嘗到歷史的苦澀，在甜點中，品味簡單生活的快樂；彷彿閉上了眼，真正的知覺才打開，世間所有美味的事物，都需閉上眼才體驗得真。而土耳其料理更讓人領悟，人生，那怕是有毒香料，只要調配得宜，都會是一道道令人驚奇的好菜。

樹之歌

「認識一座城市的文化，看古蹟；認識城市的靈魂，要看樹。」

小時候，爸爸總如是說。屬猴的他不但愛石成痴，自詡為孫悟空的同時，也愛爬樹。爸爸總要我多觀察行旅間遇見的樹石。每一年，他會將戶外的盆栽打理整齊參賽；也曾聽他抱怨颱風天倒下的行道樹，因植樹工人不懂樹性，移植時沒有將根部的黑色塑膠套取下，導致年年颱風來臨，路樹因塑膠套不透氣、樹根不深的情況下，發生慘劇倒下。

「更有不肖業者鋸樹去頭，只為了賣斷木給香菇業者，一頓一千五。」一日見新聞，我憤憤然地說。此時，反倒是爸爸勸住我，說做人要有大將之風，別因小事就抓狂。

爸爸身材魁梧，對童年的我來說，確實是支撐家裡的大樹。

許是父親之故，每當自己到異地旅行，總是特別留意那座城市的樹木與地景。也漸漸懂爸爸的意思，若從老樹周遭觀察廟宇與人的互動，不但可迅速瞭解該地風情，更可讀到居民的心。如果有人問我：「這世界最壯闊的景象是什麼？」我心中總會浮現一個畫面：星空下，一對戀人手牽手，靜默地立在一棵參天神木下，陪老樹一同呼吸，仰望穹蒼，看浩瀚無邊的藍夜星辰，靜靜推移。

樹，是天地的縮影。樹總是仰望日月星辰，風雨無阻，矢志不渝。若人也這樣直視真理、無所罣礙，生命是否也會因此茁壯，屹立不搖？

尋訪台灣鄉野，不難發現老樹旁多半就是土地公廟，彷彿該地神靈是以巨木之姿守望，只消訪問幾個耆老，總會說出幾個老樹故事與神蹟；參訪土耳其清真寺時，我不意外年代愈久的寺，外圍樹種愈古老壯觀。

彷彿約定好似的，各地老樹形成當地居民的信仰中心，總是默契十足地相伴相生。

我們知道將樹剖開，就會看到橫切面上布滿深淺不一的圓環，每一環代表一年，除了可推斷樹齡外，年輪還能讓人觀察樹木周遭生態環境，像是降雨量、健康狀態、森林大火、病蟲害等。

年輪是樹的掌紋，訴說一生命運。

最近國外藝術家塔貝克（Bartholomäus Traubeck）發明一種特殊播放器，這個取代鋼針的電子閱讀器能解析年輪上的生長資訊、顏色及質地，這些資訊依照演算法，可轉變為鋼琴音符。當這些年輪被製成一首首鋼琴曲時，會產生差異極大的風格。那張音樂專輯叫《年》（Years），是樹的年輪唱出的故事。

我被這張專輯吸引，由於〈櫟樹〉是台灣常見行道樹，冬末燃燒粉紅霞霓，初始便選來聽。清脆琴音，如樹上片片花葇，紛紛化為點點彩蝶，翩躚纏綿；緊接著是氣勢雄渾的〈胡桃木〉，交響樂般演奏千軍萬馬的奔洪之勢，迅疾駭人，突然而起，狂亂而出，亂指快彈；又如暴雨灑落，切切來去，不辨東西。彷彿誤入林中小徑，一時千烏婉轉、萬蟲唧唧，四地嗚唱，五音繚亂。正欲細辨尋聲，腳踩著枯枝才踏出一步，仙樂忽收，萬籟俱寂。

〈梣樹〉，感覺如孤獨老將，一列戰馬拖著沉重步伐，看著千年王朝、輝煌古城最後一眼，戰無可戰，士卒傾倒之際；不降不逃，轉身投荒，背影融入暮色沉沉的夕陽中，再不見人影。

〈雲杉〉，彷彿深山訪道，高遠清寂，入山絕境，層層巒嶂，身心俱疲，正不辨來路，無人可問；卻見數隻白鶴悠然而出，霧隱雲深處，裊裊炊煙，山嵐溶溶，夕照山腰，豁見茅屋數間，令人精神一振，攀高往赴。

大山般細緻的〈楓樹〉（Maple），一如其名，年輪就是一張地圖（Map），木紋半邊是天然谿山行旅圖，墨染酣甜。想不到這幅自然山水，化為琴音竟是如雪白淨的清透之音。

〈榿木〉，高亮一如寒天暮色，幾隻黑天鵝悠閒滑過水天冷藍，濃霧瞬間消逝，如晨起客舟不經意的一瞥。〈山毛櫸〉則像有心事的精靈坐在葉尖，在清冷無人的晨光中，斷斷續續地吹著笛，時而神祕，時而悠遠；驀地一聲鏗響，曲終人不見，江上數峰青。

於是，像聽黑膠唱片般，我用年輪聽完樹的一生。

我不禁思考這個問題：人如何在不損傷樹的情況下，傾聽樹的一生？

我想，或許年輪不只記錄風雨，那些分歧斑駁的樹紋，是否如漣漪般，一圈圈疊加思念？包含附近山形、當初種植照護的人影，以及印在髮際肘間，鳥兒的故事？我想像未來能發明一種新型的聽診器，在不破壞樹的情況下，只要輕輕拿起耳機，透過聽診器按在木身，就可聽見風的呢喃、雨曾落下的心跳與歌唱。

若每座城市的老樹都有這種聽診器，那麼，旅程中的異鄉遊子，該會如何欣喜地聽見這個城市的靈魂之歌？而聆聽神樂的悸動，又該如何地令人嚮往？畢竟行旅中邂逅巨木，機緣難得。

倘若每座城市的老樹都有這樣的貼心發明設計，行旅所及，我最想聽的首張專輯，便是台中的老樹之歌。因親戚住台中之故，每回拜訪，有緣看看老樹，我發覺台中老樹保存與口傳故事特別多，特別是表弟車籠埔家門前的神木就住著飛鼠，非常難得。

樹是擅長等待的，只有老樹才有這樣靈氣，吸引中高海拔的飛鼠，大赤鼯鼠下山棲居樹洞。當然，飛鼠可以放最後做壓軸，觀察神木趣味在於，樹正如人之一生，有許多傳奇故事，也有生、老、嫁娶等，當這幾個重要階段都融進來，觀樹就是看人。

若將此歷程考量進去，神木專輯第一首，我想放氣勢磅礴、又能代表世代傳承、生生不息的經典。後龍里的千年茄苳長老，很適合做為第一首曲目。

後龍里的樹長老因樹齡逾千年，全樹高三十公尺，樹冠面積達一千五百平方公尺，居全省之冠，因此被推為「樹王」。這千年茄苳王，最早神位設在樹基下方，小巧古樸。茄苳長老極為靈驗，常見民眾前來摘取樹葉，據說煮茶飲用可保健祛疾，若身體不適，祭拜後，摘嫩葉回去榨汁、沖蜂蜜，或直接煮水都可治病。

日據時代，茄苳長老的主幹因施工被埋在地下三公尺，現在所見，其實是從側枝露出地表的二代樹。而二代樹附近又連根冒出三代木，因此，是罕見的三代同堂木。雖然現存老樹紀錄茄苳比率甚高，但生長在車水馬龍的中港路旁，又是三代同堂，放在全省老樹來看也是少見。

茄苳長老姿態橫逸，子孫成林。若這棵千年樹長老成為第一首樂章，那麼樂曲開頭會有溪流之聲，一條約一丈深的野溪流過，水聲若遠若近，一粒茄苳種子在溪底著床、生根萌芽，爾後茁壯；日據時代修築馬路，填平野溪，於是曲調急轉直下，長老的頭被埋了，萬鳥哀傷，大地變色。再來一陣人聲鼎沸，樹長老憑著毅力及後人扶持照顧，橫向生長，不屈不撓，二代木與三代木的交響曲音漸次加入，隨雨聲風聲滴落，錚錚鏦鏦。

爾後，萬籟俱寂。

星夜裡，一位無助的老祖母跑來樹下哭訴，祈求茄苳長老庇佑受驚難養的孩子平安健康，她願意讓孩子跟二代木一樣以樹為父，祈禱老樹收為契子，讓孩子茁壯成長，好帶好聽話。之後，孩子順利成長，消息傳出去，拜樹作契子蔚然成風，磅礴交響樂再起，間奏融入當地居民的祭神曲，伴香火裊裊上升，那是如九歌輝煌的慶典樂章。

正當交響樂氣勢如虹，子孫繁茂時，詭譎之聲響起，窸窸窣窣，如老鼠咬齧的建商交頭接耳，商量要蓋二十八層高的大樓，要價三十億。興建消息傳開，茄苳長老淒惻身影出現在許多契子夢中，樹子們義憤填膺，摩拳擦掌，紛紛挺身而出。

樹長老守護他們童年，現在換契子們守護大樹。這群契子紛紛發起護樹的公民運動，透過網路宣傳組織，在無形中伸展枝芽，共同成立守護聯盟，辦各種活動，讓大家親近老樹，了解困境。神曲急轉直上，交響樂又加入更多非樹子、住在附近的民眾。他們在樹幹綁起數百條黃絲帶，表達對老樹的關心與祝福。民間自動發起遶境活動，希望神明庇佑，讓老樹健康平安。團結力量大，建商感受到民間護樹行動的決心與壓力，於是宣布緩建，最後由市府與建商協調，採容積計算，調整以地易地的方式，維持老樹生長空間。

今日的茄苳長老，已有萬人以上的契子，每逢農曆八月十五日聖誕，茄苳王公廟總是熱鬧不已。紅龜粄、月餅、文旦樣樣俱全，各地樹子都會回來奉祀。樹長老還與屏東里港茄苳宮、埔里興南宮、斗六萬年宮等地老茄苳互相結拜，每逢農曆八月十五日，樹長老做壽，各地進香團互訪，為樹長老披掛紅綾，以示尊崇。

我想，專輯放這首交響樂，是激勵人心的樹王傳奇。本土老樹總是交織當地居民故事，也融入城市的想望。樂曲尾聲，千年茄苳護樹成功，老樹前方道路安全島上的烏桕，也紛紛唱出美麗的伴奏和聲，以前交響樂只有茄苳長老與樹子們的歌聲，現在則加入許多生力軍。

萬馬奔騰後可接詩情畫意，雄渾後可續柔美。

長老傳奇後，可聽樹齡逾三百年的楓香傳奇。這棵美麗的楓香位於東山路上，前往大坑風景區的大坑圓環。

楓香要長成百年巨木，委實不易。特別秋天一到，火紅巨楓，彷彿讓人置身京都，片片紅葉，落下優美詩篇。鄒族人傳說天神 Hame 走入「拉拉吾雅」，搖動楓樹，果實抖落便立地成人。拉拉吾雅意為美麗的楓香林地。鄒族行旅曾南遷至高雄，若時光倒推三百年，或許柔美樂章便從原住民遷徙中，袖口不經意抖落的星狀果實開始。

老樹也有青年期，若考量生長歷程，三光國中的吉貝木棉，年輕一輩的巨木也不容忽視。雖然只有三十多歲，這樹高大挺拔，高三十五公尺，胸圍超過五公尺，姿態俊逸，是罕見的俊朗書生，年紀輕輕竟可被列為珍貴老樹，受到尊重，樹形頗為可觀。夕照晨昏，伴朗朗書聲成長，相信這樹青年，會唱出清新可人的陽光樂章。

青春期後，老樹也有嫁娶、新婚燕爾之時。彼時后里日月神木就很適合彈奏。只見樟樹巨木與老榕樹根部緊靠，樟樹粗大壯碩，榕樹略小，村民以「日樟」、「月榕」命名，形容夫妻相隨，又以樹公、樹嬤相稱。據聞樟樹近千年，榕樹亦有二百歲左右。細看相連處，彷彿十指緊扣、交握相纏，想來是少妻依戀老夫的甜蜜情狀。只是老樹婚戀與凡人不同，想必更為沉穩妥貼。

若想聽兄弟手足之情，南區樹德里內的雀榕與正榕連體老樹，可聽見不同旋律。這枝幹粗壯的正榕和雀榕，根部將土地公廟緊緊包住，形成樹木包住廟基的凹洞奇觀。兩株老樹都達三百年以上高齡，如連體嬰共生，相信它們會是默契絕妙的拍檔，絕佳的雙簧演唱。

老樹中也有新移民。若想聽異地移居風情，瑞井村福德祠古井附近的老緬梔很適合，這三姊妹開起來滿是雞蛋花香，演奏時帶有濃濃異國風；若插曲想來點特別的銅管五重奏，那麼石岡鄉龍興村的五福臨門，由五棵不同樹種：樟樹、榕樹、相思、朴、楠組合的老樹樂團，想必令人耳目一新。

古名大墩的台中，山丘地形得天獨厚，走筆至此，想想台灣老樹可多了。然而專輯令人醉心、反覆諦聽、不斷回味的壓軸，我想還是堂弟家前，位於太平車籠埔光隆靶場前的樟樹將軍。據說它與太平七星山的六株老樟合稱七星，對應天上北斗七星，後來六株老樟全被砍伐，獨留這株倖存。許是紀念陣亡弟兄吧？這株老樟遮蔭面積達七十平方公尺，雄偉非凡，奪人心魄，望之生畏。邂逅之初，令人錯覺誤入《阿凡達》電影拍片場景。老樟如此神祕，碩大樹幹、蓊鬱枝葉盤龍曲蛇，樹皮斑駁蒼勁、皺褶有致；古老藤蘿爬滿身，讓這株百年神木更顯靈動。樹身有龜形瘤大如桌。遠望姿態又如舉劍、散著亂髮狂舞的怒目將軍，恣意伸展虯然身形。

這是一棵蘊藏整座森林的巨木，從不同角度觀看，就有不同世界顯現於前。騰空的木棧道，是居民的活動中心。據當地耆老說，由於樹身多孔，內有飛鼠居住，還曾掉下一條大蟒蛇。台灣有三種鼯鼠：大赤鼯鼠、白面鼯鼠和小鼯鼠。其中大赤鼯鼠體型最大，牠們是森林的滑翔翼，利用氣流由高向低處滑行，是近年搬來的小嬌客。

我一開始不信，不怕蚊蟲叮咬地在茂密樹蔭下靜靜等待，只為一睹夜間小飛俠的肥胖身影。夏日時光，飛鼠出沒時間約六點左右。正當我望痛眼、脖子痠想放棄時，沒料到唧唧聲響起，大小樹洞內的飛鼠紛紛探頭探腦，伸出尖尖鼻孔嗅聞，然後露出兩顆迷你小門牙，旋即合唱。原來，飛鼠滑翔前會招呼同伴。

當四五架滑翔翼，小小傘兵從老樹飛出，一同撐開薄膜滑翔、在星空下呼喚彼此時，那刻，我確實聽見最難忘的天籟，老樹壓軸的飛鼠樂章。

2020.4.30. 爸爸の紫檀

水聲

N，走上伊拉克里翁百年古城牆，拜訪尼可斯・卡山札基（Nikos Kazantzakis）之墓，獻上一束藍花楹後，附近一個帶著《希臘左巴》前來探訪的英國佬熱切解說並翻譯墓碑上那三句希臘文的意思是：「我一無所求，一無所懼，我是自由的。」

他說自己讀了三遍，又說卡山札基妻子也葬在附近，訝異台灣多年前翻譯此書。

雖然早知道墓碑上的意思，聽見英國讀者用英文朗誦一遍，跨次元般，那刻作家之墓如燈塔亮了起來，不再冷清。憑藉這道光的指引，各地讀者在此孤島取暖相聚、問候他方風土，訴說書中未竟之事。

二〇一八年十月，希臘地中海氣候、島嶼、遠去的諸神、廢墟與作家之墓如在眼前。人生時刻都在取捨，我常想，雖然過去已死，但透過文字記錄，我們可以靠近、保留書寫的真實。也許人生某個片段更能說明個人的特質，就像我認領卡夫卡當室友那段時間，你也將牠視為一份子，寫了一首小詩；去土耳其前，你在台灣細心幫我觀察龍潭逆流而上的原生種憨仔魚，學名叫圓吻鯝魚。民國七十九年這淡水魚被認為不敵外來種而消失，農委會當時登記絕種。誰知多年後在龍潭重新被發現，由於龍潭魚類有三分之一呈現強勢外來種，當地人認為這是重要寶貴的生態資源，故爭取經費架水網、整建河道來保護牠們。

圓吻鯝魚警覺性較其他魚類遲鈍，好似憨憨的不知道閃躲，所以當地人給牠們取一個綽號叫憨仔魚。居民繪聲繪影地說，每逢端午節左右，這群憨仔魚會排隊逆流而上，由於溪床不到一米寬，群魚推擠、拍尾上躍，場面相當壯觀。

知道台灣有如鮭魚逆流而上的魚種，我非常興奮。

端午時期，我遠行土耳其，你寫了思念的候鳥詩，拍出湖畔水草鋪著厚達三公分的魚卵傳給我看。那些璨亮金黃的魚子，伴夕陽閃耀點點輝光，千尾銀白肚皮，擠滿整條溪。

你說那幾日，龍潭居民徹夜不睡、輪班守護，深怕不法分子趁機捕撈。而我回傳伊斯坦堡噴水池前沐浴的黑脊鷗，告訴你這裡的海鷗連餐廳外的花都吃，相當不可思議。

在博斯普魯斯海峽漂流，我傳了些帕慕克書中的景點給你，而你忙著幫奶奶蒸粽子，尋常過節。

N，我們其實是航行在這條閱讀的金色之河上，不同時區的水手。

先是各自記錄風景、寫信、網路聯繫，然後兩邊水域慢慢交織，逐漸同步，最後交融，變成同一片水聲。我們都愛拜訪古今中外的作家之墓、喜愛自然；對踏實的描述、精緻的細節著迷。

當我們攀行在希臘陡峭的峽谷，尋找神話記載的巖愛草蹤跡，左右野山羊蹬跳，你總說這像原始版太魯閣，只是岸上植物各異。開車自駕的你，愛將克里特島南部公路比擬為蘇花公路，尋訪卡馬力（kamare）古蹟時，我們因誤入禁區，一同被守衛驅趕，慌忙逃下山谷時，你嘴角噙著一抹得意的笑。

N，磅礡的水聲傳來，此刻，我們又回到了這個峽谷。巨靈神用指腹在山壁間抓出遠古圖騰，前行者用靈魂開鑿的命運交響曲，每一步，都是一個生命章節。我們被限制下午二點過後才能通過管制進去，時

間讓我們學會等待，崩山的驚悚巨岩與一路奔騰的水聲也告訴我們，這裡，自然才是真正的指揮。

N，關於這塊土地，人為的說明太多了，遠隔十年再訪，我情願自己只憑藉視覺與聲音，用非常原始的方式來觸摸這片土地。若我們以理解人的心靈來理解自然，那麼我們首先會注意這塊土地的聲音。沒有什麼比聲音更能代表一個獨一無二的人，聲音的緩急、音調的高低起伏，洩漏的祕密可能比外貌更多。

就像你曾用手機，錄下七星潭的聲線。

七星潭與其他海域不同，一般海濤聲可能是轟隆轟隆或嘩啦嘩啦，但七星潭的獨白卻在浪拍上岸後，細膩地與光滑石子摩擦，呈現咕嚕咕嚕的後退聲，這聲音讓我想起兆豐農場的金剛鸚鵡用石子琢磨舌頭時，所發出的細微咕嚕咕嚕聲，又像是黃昏斑鳩咕咕地呼喚友伴歸巢。

只是，這片海太長太闊、太藍太澎湃，側耳傾聽，就會聽到萬千鴿子在咕嚕咕嚕。

「聲音很可能是一個人最隱密也最真實的一面，」卡爾維諾是這樣描述那位終夜不眠、諦聽神祕女子歌聲的國王：「人因聲音而存在，但樂趣在於讓你想像一個人與另外一個人之間多麼不同。」

N，當我們被不同的壯闊水勢，不論是從天而降的白楊瀑布、七星潭的浪，或是希臘湍急河谷，被各種交響曲轟擊時，這些聲音又讓我們想到什麼？如果，澎湃的水聲跟回憶一樣充滿聲音，它們又在訴說什麼呢？

我想起狄爾泰（Wilhelm Dilthey）曾說：「我們說明自然，我們理解心靈。」

自然是可說明的嗎？也許任何人為的說明都是面具，都會錯過她真實容顏。大地之母不總是慈悲和藹地孕育萬物，比如在太魯閣，水聲呈現憤怒女神像，狠狠地擊打任何穿鑿她肚腹、騷擾她睡眠的人。雪白溪流是梅杜莎的蛇髮，稍一不慎，所有的生命都被她捆去，無情吞噬。縱然偶有彩虹與輕燕呢喃，九十度對折的長長峽谷，除了一瀉千里、奔騰水花外，可曾留下跌落靈魂的隻字片語？

遠山遠水的我們，這樣邂逅著，在生命之流中交會，一同奔入世界的浩瀚海中。

當我們重新歸來，觸摸故鄉土地，或更好說是溶入這片水域，因為自太魯閣的綠水合流、白楊瀑布，再到七星潭、花蓮溪的出海口，還有你的故鄉，一路都是水聲。來自遠方的我們，又從水裡拾回什麼聲音呢？

想起在太魯閣入口處等待通關的那批人，不論閒晃的歐洲人、騎腳踏車的登山客、玩 iPad 吵嘴的小情侶、索性攀到大石塊上吃便當的香港人，或一群群聒噪如烏鴉群集、隨之散去的大陸客，雖然與我們同處同一時空，但他們看到的、聽到的，又是些什麼呢？

N，我懷疑，人真的能客觀地理解自然嗎？或許正因為我們特殊的背景與限制，我們位於索雅（Edward W. Soja）所說的第三空間，細細看去，每個人在這次水域前，其實都上演著不同的劇情與身段。以不同的身分與視野，一起出現在此時此地。

讓我們出發去獵捕無聲之聲。

想起你有陣子著迷舊式拍立得相機，想推遠黑與白的界線，在人文地景中尋找詩意。你甚至買了阮義忠的攝影文集，打算探索這個黑白世界。

當你剛買相機不久，我和你走在望龍埤邊緣，發現那潭水，就是深濃的墨色。倘若要拍美麗的「春江水暖鴨先知」，你得走到樹下，從暗處拍去，眼前景色才會明亮起來。可我想，若要拍人生中的陰影，似乎是拍不成的，也許更像一種滋味，不好下嚥的滋味。

我想起黑色的神聖意義。

大涅槃金剛乘告訴我們，卡利女神之所以全身漆黑，是因為世間萬物都被她吞噬。這道理就猶如黑色能吞噬一切顏色那樣，世間所有的名和相，均在卡利身上消失無蹤。羅摩克里什那解釋說，卡利的黑暗是距離所造成的結果。當我們在遠距離觀看某物時，它在我們眼中所呈現的正是黑色。一旦走近後，你就會發現實際上它並不屬於任何顏色。遠望一潭湖水如墨，走近掬起一捧水，就會發現湖水清澈、透明，不沾半點黑。

這世界哪裡找得到比湖水更黑、更透明的顏色？

當時望龍埤有許多賣茶葉蛋、玉米、番茄、冰淇淋的小販，臨去前，我注意到一個老婆婆，擺著攤子瑟縮在邊緣；一整籃的甘草李子，連同她的臉都是黑色，非常不起眼。無意瞥見時，她正默默地擦掉臉龐的淚，可能是生活艱苦，也可能是為冷清生意發愁。

雖然動作細微，我還是看到了。

目測也有六十好幾了吧，什麼原因讓婆婆大老遠來這裡擺攤？婆婆眼睛不好，似乎有些白內障，霧霧的，略帶透明。拿在手上的李子黏乎乎，透明塑膠袋沾上糖水，袋口沒有綁緊，黏黏的糖水滲到剛剛買的番茄。就如她的眼淚，默默地流到我血紅的心。

那刻，我彷彿看見一個肉身菩薩，承擔生命的苦難與重量，在風雨裡叫賣著。她在望龍埤旁賣李子，酸澀如人生的李子。

我在她身上看見黑色聖母卡利的影子。

沒有多問為何年紀一把還出來賣李子，也沒有問她為何流淚。我走近說起這些李子看起來不錯，她突然振奮起精神說這是自己種的，無農藥，還要我試吃。

N，當時你一度阻止，表明自己不想吃。我當然也知道李子不好吃，再多加甘草、糖水仍無濟於事。但我還是買了。即便明白自己微薄的小錢對她來說，也像一時淋的甘草糖水，下一秒，咬下李子，依然酸澀。

但咬下的那刻，婆婆笑了。她的臉瞬間亮起來，那刻，一切都被照亮，變得透明。

遠遠地，望龍埤那隊鴨子已經游出視線外，如同婆婆已逸離，成為一道過去的風景。我想，雖然人生陰影中的風景是拍不來的，但若心裡有光，再酸澀的味道，嘗起來都有特別的滋味。

「對了，妳知道洛夫也寫過卡夫卡嗎？」你翻出詩集，低著嗓音念起他的〈晚景〉：

老，是一道門
將關而未閉
望進去，無人知曉有多深
有多黑
卡夫卡的傷口那麼黑？
無人知曉
我試著從門縫窺探
似乎看到自己的背影

或許每位敏感文人，心裡都住著一位卡夫卡吧？

你一邊走，一邊迎風抱怨中午大熱天，氣候如何，天空澄藍得不像颱風要來等等。我細細聽著，將你的嗓音與風影水聲，一同織入回憶裡。

國家圖書館出版品預行編目資料

我的室友卡夫卡 / 伊絲塔作 .
-- 初版 . -- 臺北市 : 聯合文學 , 2020.9
240 面 ; 14.8×21 公分 . -- （聯合文叢 ; 666）

ISBN 978-986-323-356-5 (平裝)

863.55　　109013308

聯合文叢 666

我的室友卡夫卡

作　　者／伊絲塔
發 行 人／張寶琴

總 編 輯／周昭翡
主　　編／蕭仁豪
資深編輯／尹蓓芳
編　　輯／林劭璜
內頁繪圖／伊絲塔
資深美編／戴榮芝
業務部總經理／李文吉
行銷企劃／蔡昀庭
發行專員／簡聖峰
財 務 部／趙玉瑩　韋秀英
人事行政組／李懷瑩
版權管理／蕭仁豪

法律顧問／理律法律事務所
陳長文律師、蔣大中律師

出 版 者／聯合文學出版社股份有限公司
地　　址／(110)臺北市基隆路一段 178 號 10 樓
電　　話／(02)27666759 轉 5107
傳　　真／(02)27567914
郵撥帳號／17623526 聯合文學出版社股份有限公司
登 記 證／行政院新聞局局版臺業字第 6109 號
網　　址／http://unitas.udngroup.com.tw
E-mail:unitas@udngroup.com.tw

印 刷 廠／禾耕彩色印刷事業股份有限公司
總 經 銷／聯合發行股份有限公司
地　　址／(231)新北市新店區寶橋路235巷6弄6號2樓
電　　話／(02)29178022

出版日期／2020年9月　初版
定　　價／330 元

ISBN 978-986-323-356-5（平裝）